JN201981

殺す時間を殺すための時間

どくさいスイッチ企画

もくじ

1限目

2限目

殺す時間を殺すための時間

もくじ

■どくさいスイッチ企画■

〈まえがき〉複数のバンドが一曲ずつ持ちよって作られたコンピレーションアルバムが好きです。収録内容のわりに値段も手ごろなことが多く、学生時代からたくさん買っていました。バンド名も曲名も思い出せなくなったけれど、いつまでも頭に残っている曲がいくつもあります。いつかバンドを組んで、コンピレーションアルバムに楽曲を提供するのが夢でした。しかし残念ながら、自分には音楽の才能がありませんでした。なので、文章を書き始めました。「殺す時間を殺すための時間」を手に取っていただき、誠にありがとうございます。「暇をつぶす」を英語で「kill time」と言うそうです。時間はいつでも、いくらでも殺していいんだ、という感動からこのようなタイトルを付けました。物騒な字面となってしまいましたが、タイトルをきっかけに興味をもっていただけたのなら幸いです。この本には短い小説、台本、その他が多数収録されています。作者は同じ人物ですが、作成期間は十数年にわたります。いずれも一話完結で、作品同士の関連はありません。内容もおかしいもの、あやしいもの、こわいもの、うまいこと言っているものと多岐にわたっています。お好きなときにお好きなだけ読んでいただければ嬉しいです。いずれかの文章が、読んでいただいているあなたにとって、よい暇つぶしとなりますように。そして、いずれかの文章が、本の名前もタイトルも思い出せないけれど、いつまでも頭に残っている物語になりますように。**どくさいスイッチ企画　拝**

殺す時間を
殺す
ための時間
1限目

面接二景

――会議室にリクルートスーツ姿の青年が入ってくる。

失礼します。本日はお時間をいただき、ありがとうございます。
西関西大学経済学部から参りました、山下一郎と申します。

はい。もともと私は大学入学時から、広告業界に強い憧れをいだいていました。就職活動を通じ、御社の手掛ける事業の幅広さに魅力を感じました。やりがいのある仕事だと感じ、この度、志望いたしました。

以上が私の動機です。

長所。そうですね。エントリーシートにも記入したのですが、私はよく「昆布のような人間だ」と言われます。表に出ずとも周囲をまとめることに努力し、全体最適を心掛けています。付き合いが長いほど、魅力が増すようです。昆布だけに。へへっ。

短所としましては、懸命に伝えようとしすぎて、話が長くなることがあります。今も少し喋りすぎていますかね？　すみません。

海外経験ですか。はい、アメリカに三か月ほど短期留学いたしました。住み慣れた日本を離れ異文化と接することで、自分を見つめなおすいい機会になりました。

今までにした一番の失敗、えーと、そうですね。アルバイトをしていたコンビニで、商品の発注数を間違えたことですね。ケアレスミスが原因でした。迅速な行動と慎重なチェックの必要を痛感しました。

御社についてどう思うか、ですか。そうですね、まず、ここまで残していただけただけでも深く感謝しております。面接の中で社員の方と接するうち、より一層、御社の魅力が強まりました。

現在は御社のみを希望しております。よろしくお願いいたします。

面接終了ですか。はい、それでは失礼いたしました。

――面会室に手錠をつけた青年が入ってくる。

失礼いたします。本日はお越しいただき、ありがとうございます。西関西刑務所、服役3年目、山下一郎と申します。

はい、もともと私は業務を通じ、上司に強い不快感をいだいておりました。業務の中で何度も衝突するうち、私に対する強い悪意を感じました。口論からもみ合いに発展し、階段から突き飛ばしたところ、死亡しました。

以上が私の動機です。

調書。そうですね。ええ、取り調べの度に取られたのですが。私はよく「お前は単二電池だ」と言われました。小太りな体型と、重要な使いどころがないことを、合わせて揶揄されていました。捨てるのも面倒だ、とよく言われました。電池だけに。へへっ。

短所としましては、懸命に取り繕おうとしすぎて、余計なことを言うときがあります。あのとき口を滑らせなければ、証拠不十分で押し切れたのに……。

海外経験ですか。はい、アメリカに三か月ほど逃亡していました。住み慣れた日本を離れ、自分を見つめなおすことで、出頭する決心がつきました。

一番の失敗？　この状況が失敗じゃなくて、何です？

恩赦（おんしゃ）についてどう思うか、ですか。そうですね。ここに残りたいとは思えませんね。塀の中で他の囚人と接するうちに、より一層、恩赦（おんしゃ）の魅力が強まりました。

今は恩赦のみを希望しております。よろしくお願いします。

面会終了ですか。はい、それでは失礼いたしました。

シークレット・カスタマー

「すみません」

「何でしょうか、お客様」

「スープにハエが入っていたのですが」

「大変申し訳ございません！　すぐに取り替えてまいります」

「いや、取り替えなくていいんです」

「と、申しますと？」

「じつは私、昆虫学者でして。主にハエの研究を行っております。こちら、名刺をどうぞ」

「はあ、ありがとうございます」

「ところで、私の見立てで恐縮ですが、このハエ、新種の可能性があります。詳しく調べてもよろしいでしょうか？」

「新種？　ええ、それでしたら、どうぞ」

「では失礼します。顕微鏡を出しますね」

「本格的だ……」

「うむ！　やはりそうだ。これは間違いなく新種のハエですよ！　こんな街中で発見されるとは驚いた！」

「よく分かりませんが……おめでとうございます」

「このお店のおかげです、ぜひお礼をさせてください！」

「そんな、お礼だなんて」

「このハエの名前を『スープハエ』にして、学名に、このお店の名前を入れましょう！」

「やめてください！」

「なぜですか？　新種のハエが見つかった場所として、このお店の名前が世界中に広まるんですよ？」

「困ります！」

「いろいろな図鑑に永久にお店の名前が刻まれるんですよ？」

「ですからそれが困ると言ってるんです！」

「どう言われても止めませんよ。命名権は私にある。残念ですが諦めてください」

「そんな！　いったいどうしてこんな仕打ちを？」

「正当なクレームですよ」

「クレーム？」

「いいですか？　客としては、普通に怒ってるんですよ、私」

受付（うけつけ）

僕の中で、「受付」で過ごした日々は、相当に美化されている。いつも放課後だった気がする。ずっと夕焼けだった気がする。吹奏楽部が練習するトロンボーンの音がずーっと聞こえていた気がする。

暇さえあれば、というかずっと暇だったから、授業中以外はほぼ「受付」にいた。誰も掃除しに来ないからほこりっぽくて、西日が差さない昼間のほうが薄暗かった。

校舎の最上階の踊り場。屋上につながる扉の前に置かれた、一組の机と椅子。

そこで僕は、「受付」として待っていた。

飛び降りに来る誰かを待っていた。

受験を乗り越えて辿り着いた教室には、まったく居場所がなかった。というより、僕以外のクラスメイトの居場所がギチギチにせめぎあっていた。

僕の知らないところで僕以外の全員が、何かしらのルールを共有していた。教室は濃密な仲間意識と緊張感で充満しており、僕は空気になることすらできなかった。

教室からはじきだされた僕は、人の目から逃げつづけ、屋上へ続く扉の前に立っていた。もちろん扉には鍵がかかっていた。当たり前だ。それでも僕は何度かノブを回した。

当然ながら扉は開かず、僕はもう逃げられないことを悟った。よろよろと振り返って、階段を上ってくるとき見えなかったものに気付いた。

たぶん生徒数の減少で、ここに運ばれ、もう使われなくなった机と椅子たち。

そのうちのひとつを移動させ、天板の上に逆さに置かれた椅子を降ろして座った。椅子の脚は歪んでいたし机はほこりまみれだった。それでも開かない扉の前で立ち尽くしているより遥かにマシだった。やっと見つけた、という思いがした。不思議な気持ちだった。

ずっとここに座っていたい。でも、逃げ場所にしてはだめだ。それでは負け犬だ。何か意味をもって座っていなくては。

歪んだ僕の自意識が吐き出した存在意義、それが「受付」だった。

ここで待っていれば、いつか、誰かがやってくる。その誰かは、僕みたいに居場所がなく、僕みたいに疲れ果てている。僕はその誰かに、優しく声をかけてあげるんだ。気持ち分かるよ、って。そうしたら感謝されるかもしれない。僕の話も聞いてくれるかもしれない。死にたいくらい弱った人なら、僕でも、友達になれるかもしれない。

そして僕は、「受付」を始めた。

不思議なもので役割をつくると、学校にいることは苦ではなくなった。授業が終わるとすぐに屋上に向かい、ひしゃげた椅子に腰かけ、じっと待った。宿題をし、本を読み、西日にキラキラ反射するほこりを眺めた。

大学ノートを買ってきて受付帳にした。一ページ破って「受付」と書いて机に貼った。

夏には汗を拭いながら、冬には手を擦りあわせながら、僕は待った。待ちつづけた。

誰も来なかったよ。３年間。

誰も。

卒業式の日、僕はバカみたいに胸に花なんかつけたまま、高校生活という課題を各々のやり方で完遂した達成感に涙するクラスメイトをかいくぐり、雑巾を片手に「受付」へ向かった。

ぴかぴかに磨きあげた机と椅子を、僕は元あった通りに重ねて、踊り場の片隅に戻した。僕の役割は、僕の青春は、僕の「受付」は、こうして終わった。

「受付」をやめてからも、人生は続いた。大学に入って出て、就職して、交際して、転勤して、破局して、医者にかかって、復職して、退職して、入院して無一文になって。

それでも僕は、「受付」の話だけは、誰にもしなかった。高校時代は寝てばかりいましたと、貼り付けた笑顔で答えていた。いつしか自分でもそう思い始めていた。全てを夢にしようとしていた。

だから、僕の「受付」の話は、今ここに初めて書く。誰だか分からない君のために、初めて書く。

ノートとペンを置いていてくれてありがとう。涙でにじんで読みづらかったらすまない。

数字を伴った絶望を抱えて、僕は十数年ぶりに、この校舎へ死にに来た。最期にどうしても、僕の居場所だった踊り場に行きたかったから。

そこで、この机と、この椅子と、このノートを見た、僕の気持ちが分かるだろうか。

僕とは違う筆跡で、だけどあのころの僕みたいな弱々しい字で、「受付」と書かれた紙を見て、膝から崩れ落ちて号泣してしまった、僕の気持ちが、君に分かってもらえるだろうか。

ここは今も夕日がきれいなのかな。トロンボーンの音はまだ聞こえるのだろうか。何かが起こっても、きっと何も起こらなくても、ここは君の居場所だ。

君の「受付」だ。

日常へ、地上へ、僕は帰る。君と会うことは、おそらくもうないだろう。だから、君に伝えたい言葉を、ここに書いておく。

僕がいちばん言われたかった言葉だ。

ありがとう。

僕は、君に救われたよ。

明日(あした)から使(つか)える！　にほんご講座(こうざ)

司会「明日から使える！　にほんご講座」

♪軽快な音楽

司会「皆様こんにちは。『明日から使える！　にほんご講座』のお時間です。本日は、日本語特有の難しい表現、言い回しについて、勉強していきましょう。今日のテーマはこちらです」

♪SE ピコーン❗

司会「やんわり断る」

英語「**YANWARI-KOTOWARU**」

司会「日本では、拒否の意思を示す際、相手を傷つけたり、怒らせたりしないよう、やわらかい言葉を使います。本日の無料講座では、やんわり断る表現を学んでいきましょう」

英語「**Lesson 1 Office**」

司会「職場」

上司「やあ、田中くん」

田中「おはようございます、部長」

上司「今週の土曜に、私主催のゴルフ大会があるんだ。もちろん君も、来てくれるよね」

♪SE　ピコーン❗

田中「お伺いしたいのはやまやまなのですが、業務のほうが立て込んでおりまして。スケジュールの都合次第ですが、必ず、行けたら行かせていただきます」

英語「**This sentence means…… "No. I never want to play golf with you. I say it again. No!"**」

司会「このように、日本語では、やわらかい言葉をたくさん用います。まず、相手に感謝の意を示す。次に、即答できない理由を説明する。最後に、条件付きで約束をする。以上をもって、日本語では」

英語「(本当に嫌そうに) **No!**」

司会「という意味になります。田中さんは、決してゴルフに行きません。それでは、別のシチュエーションで、やんわり断る、を学びましょう」

英語「**Lesson 2　Party**」
司会「飲み会」
上司「かんぱーい！」
田中「部長、お酒をどうぞ」
上司「どうも、おや田中くん、いいネクタイをしているね」

♪SE　ピコーン❗

田中「いえいえ。安物ですよ。わざわざお手に取るほどのものではございませんよ」
英語「**This sentence means……**（邪悪な声で）**"Don't touch me! This is my tie. Get away."**」
上司「今回の取引がまとまったのは、田中くんのお陰だ。お疲れ様」

♪SE　ピコーン❗

田中「そんなことはありません。今回の契約は、部長をはじめチームの皆様のご助力のお陰で獲得できたものです。決して、私ひとりの力ではありません。これからもご指導ご鞭撻のほど、よろしくお願いいたします」

英語「**This sentence means.....**（邪悪な声で）**This is my victory! I am a greatest businessman! I am a champion! Yeah!**」

上司「そうだ。田中くん。このあとウチで飲み直さないか。きっと家内も喜ぶよ」

♪SE　ピコーン❗

田中「あ、ありがとうございます。都合がつきましたら、ぜひ伺います」

英語「（被せ気味に）No! I never go your home! No!」

司会「このように、様々な状況で、やんわり断る表現を使用します。それでは最後に、別れ際に用いる、やんわり断る表現を確認してみましょう」

英語「Lesson 3 The escape from very bored and tired space」
司会「上司の家から帰る」

上司「というわけで。これがうちの孫娘だ。かわいいだろう」

♪SE　ピコーン❗

田中「ええ……そうですね。笑顔が素敵ですね」
英語「（退屈そうな声で）Ummm.....No. Not so cute. No.」

上司「そうだろうそうだろう、次は若いころの娘の写真を……」
田中「部長、すみませんが、そろそろお暇させていただきます」
上司「いいじゃないか。もっとゆっくりしていきたまえ」

♪SE　ピコーン❗

田中「お話は今度、またお招きいただいた際に、ゆっくり聞かせていただきます」
英語「**Goodbye forever. I will never return.**」
上司「そんなこといわずに。布団もあるから泊まっていきなさい」

♪SE　ピコーン❗

妻「あらあなた、田中さん困ってるじゃありませんか。ご予定もあるでしょうし」

英語「**Hey boy,get away! I want to sleep! Get away!**」

♪SE　ピコーン❗️

田中「お言葉に甘えたいのはやまやまなのですが、明日の朝早めに仕上げたい資料がありまして」

英語「**Shut up! I want to go back home!**」

♪SE　ピコーン❗️

妻「気を遣わなくても結構ですよ、でも朝ごはんの準備ができるかどうか……」

英語「**Get away! Get away! Get away!**」

♪SE　ピコーン❗️

田中「いえいえ、そこまで気を遣っていただかなくても結構ですよ」

英語「**No! Don't stop me! No!**」

妻「そんなそんな、ゆっくりしていってくださいな」

英語「**Get away! Get away! Get away!**」

田中「いえいえ、ですからそんなに気を遣っていただかなくても……」

英語「**It's a nightmare……**」

♪エンディング

司会「いかがだったでしょうか。やんわり断る表現について、学ぶことができましたか。より、学習を深めたい方は、ぜひ有料講座にお申し込みください。充実した講義が、あなたの日本語学習をサポートします」

英語「**Pay money, pay money, pay money, pay money……**」

司会「今なら30日間無料の特典付きです。無料講座よりも詳しい内容を学ぶことができます。申し込みはＨＰ、書店、各種ＳＮＳから簡単に行えます」

英語「**PAY MONEY! PAY MONEY! PAY MONEY! PAY MONEY!**」

研究不正

素晴らしい着想を得る前には、いつも強烈な予感がある。

私にとっての机は、あくまで書き物、調べ物の場。業績をもたらしたアイデアは、大抵散策中に閃いたものだ。読んだ資料や思いつきの断片を抱えたまま、あえて仕事場を離れうろうろと歩き回る。やがて道中で決定的な刺激を受ける。

それをきっかけに着想があふれだす。私はこうして、数々の閃きを得てきたのだ。

その女は通りに面したバルコニーに立っていた。遠目に見て、随分背が高かった。訝しみながら石畳の上を歩き、近づいて……。

やっと気付いた。思いつめた顔の女が、手すりの上に立っていることに。

自殺――！　私は咄嗟に、口元に手を当て叫ぼうとした。それは神の教えに背く行為であると説得しようとした。だが、声の代わりにせり上がってきたのは、あの強烈な予感だった。かつてない閃き、大いなる着想の予兆に、私は硬直してしまった。

（早く飛び降りろ……落ちろ……落ちてこい……）

自分が内心で、そう呟いていることに気付き、私は息をのんだ。もし口に出していたとしても、女に声が聞こえたとは思わない。

しかし、女は飛び降りた。一瞬だけ、目が、合った。

わらわらと集まる人垣に巻き込まれながら、私は震えていた。大きな音を立てて潰れる寸前、女は確かに、笑っていたのだ。あの表情！　父親に飛びつく子供のように嬉しそうな表情！　女は心から落下を望んでいたのだ。地表もまるで、彼女を待っていた恋人のように、強く引き寄せて……。

突然の閃きが、思考の激流となって、私を襲った。

女は一直線に真下に落ちた。なぜか。

比喩でなく本当に引かれ合っていたからではないか。地球が女を引き寄せる力をもつように、女も地球を引き寄せる力をもっていたのではないか。その力の作用が、落下という現象ではないのか。

人の波に逆行し、私は駆け出した。

ついに見出したのだ。物体それ自体に。よろずのもの全てに宿る力を。論文の構想が凄まじい勢いで組みあがっていく。

あとは、着想のワンフレーズ。ただそれだけ。敬虔なキリスト教徒の私が、自殺から連想したなどとは言えない。

着想の原点！　あの瞬間！　あの閃きを！　ああ、一体何とすり替えればいい？

目に焼きついている、血溜りの鮮やかな紅色。あれは、そうだ――林檎の色じゃないか。

「どこへお急ぎですか、ニュートン先生」

私の名を呼ぶ声が、うしろから追いかけてきた。

コピー&ペースト

A「髪の量が少なくなってきてさ」

B「切実だな」

A「この歳になるとね。それでドライヤーを替えたんだ。髪が増えるドライヤー」

B「もっと他にやることありそうだけどな。で、効果は」

A「これ俺の半年前の写真ね」

B「かなり悲惨だな」

A「で、今の俺を見て、どう思う」

B「確かに今はフサフサだけどさ、何？　詐欺？」

A「こないだ家で、麦茶こぼしてさ」

B「急な展開だな」

A「靴下が濡れたから、乾かしたわけ。そのドライヤーで」

B「ほう」

A「そしたら靴下が二足になったんだ」

B「靴下はもともと二足だろうが」

A「違くて。片方の靴下が二足になったの。つまり増えたんだよ、靴下が」

B「怪奇現象じゃん」

A「『ああ、なるほど、これモノを増やすドライヤーなんだ』って、気付いたんだよね」

B「だよね、じゃねえよ不可思議だろがよ」

A「うん、だから聞いたんだ、製造元に」

B「製造元？」

A「説明書に電話番号あったから」

B「公かよ」

A「それで昨日、工場見学行ってきた」

B「大公かよ」

A「けっこう人気みたいでさ、大量生産してたよ、増やすドライヤー」

B「ドライヤーの組み立て作業なんか見ておもしろいのか」

A「それがさあ、組み立て作業なんかなかったんだ」

B「じゃあどうやって作るんだよ」

A「ただ数を増やしてたんだ、ドライヤーにドライヤー当てて」

社員研修（しゃいんけんしゅう）

はいはい、静かに。それじゃあ新人研修を始めますね。皆さんも今日から、ジャーナリストの端くれということでね。

えっと、まず初めに。ウチの雑誌は呪われています。

皆さん困惑してますね。比喩ではありませんよ。そのまんまの意味です。

私が入社する以前の話です。

マスコミを志望した君たちなら当然知ってるだろうけど、大昔は報道規制なんて緩いもんでね。突撃取材や偏向報道が横行していました。

ある無慈悲な事件があって、女の子が亡くなった。当時のデスクはどうしても、悲嘆にくれる母親のコメントを欲しがった。あるのとないのとでは売り上げが違う。記者は連日連夜、疲弊した母親のもとへ押しかけた。

同情的な記者は誰もいない。怒りをあおろうと死体の写真を見せ、悲痛な叫びを聞くために監督不行き届きを責め、とにかく記事映えするコメントを取ろうとしました。

事件の一か月後、母親は自ら命を絶ちました。その死に様はほとんど報道されなかった。あんなにスクープを欲しがっていたメディアが、黙殺したんです。

なぜか。

彼女の最期が、あまりにも異様だったから。

彼女は、自分の血で書いた図形の上で死んでいました。魔法陣というやつです。自らの身を生贄に捧げて、ウチの雑誌を呪ったんです。ご丁寧に呪いの解説を、遺書代わりに残してね。

以来、われわれはずっと呪われています。もちろん、この職場を選んでしまった君たちも、例外ではありません。

肝心の呪いの内容について説明しましょう。

ウチの雑誌の記者は、寿命に制限をつけられています。

「自分が書いた文章を、他人が読んだ時間の総合計」だけしか、生きていられないんです。

皆さんが書いた文章が記事に掲載され、百人の人間が30秒かけて読んだとしましょう。

そうすれば皆さんの寿命は3000秒、一時間弱だけ延びる。

読んでもらえる記事を書かなければあっという間に寿命が尽きます。

ウチばっかりスクープがとれるの、不思議だったでしょう。

本当に必死だからなんですよ。

こんなに同期が多くて、不思議だったでしょう。

どんどん人が減っていくからなんですよ。

退職者はここ数年いないと言われて不思議だったでしょう。

みんな退職前に死んでしまったんですよ。

あ、今すぐ会社を辞めようとしても無駄ですからね。

一度入社してしまったら、呪いは消えません。無駄死にしたくなければ、他人に文章を読ませるしかないんです。

静まり返ってしまいましたね。

大丈夫。皆さんならきっと大丈夫です。ポジティブに考えましょうよ。

スクープをモノにしつづければ、永遠に生きていられるんです。

下世話で煽情的で、大衆の目を引く大ニュース。なんなら誤報だっていい。世間がどうなろうと知ったこっちゃありません。

とにかく、読まれればいいんです。

件の母親、賢いですよね。私たちを呪うことで誰も彼も不幸にして。

彼女が憎んだのは、スクープに踊らされる世界、そのものだったんでしょう。

さて、ここからは座学の時間です。

いかにスクープをモノにするか、お渡しした書籍を参考に学びましょう。文章は難解で分量も多いですが、必ず、最後まで読み通すように。そうでなければこの雑誌で、記事は書かせません。絶対に、絶対にです。入社後の試験だと思ってもらっても構いませんよ。いいですか、何度も、何度も、紙に穴が空くほどに読み込むんです。そらんじられるまで、何度も、何度もね。

お、ざわついてますね。さすがジャーナリストの端くれ。気が付きましたか。

ええ、その書籍の著者は、私です。

めったにないこと

俺の耳たぶはごくたまに、尋常じゃなく伸びる。

先月は腰くらいまで、「びよーん」と伸びてしまった。

まずいことに、商談中だった。取引先は椅子から転げ落ち、珈琲を持ってきたウエイトレスは失神した。一世一代の弁解でごまかしたが、最後まで変な目で見られつづけた。

めったにないことだが、耳を引っ張るのが癖になってしまっているので、いつ「びよーん」が来るのか分からない。ほとほと困っていた。

ある日、深夜コンビニから帰る途中、「びよーん」が来た。勢いがつきすぎて、膝くらいまで伸びた。慌てて辺りを見回すと、最悪なことに背後に女性がいた。スウェット姿で目を丸くし、今にも叫び声を上げる瞬間だった。

やばい！　通報される！と思った瞬間。

「がちーん」と音がした。

彼女の下あごが伸びて、アスファルトにぶち当たった音だった。俺は失礼ながら絶叫した。女性は慌てて首を振り、巻尺みたいにするするとあごを戻した。

両手でゴキッと骨をはめると、一世一代の弁解を始めた。

「違うんです！　妖怪じゃないです！　私……あの、あの、あご外れるの癖なんですよ！　たまに伸びてがちーんってなるんです！　こんなこと、めったにないことなの！」

それがきっかけで、まあいろいろとあって、付き合うことになったんだな。

というのが、パパとママのなれそめだよ。伸男。

予知現（よちうつつ）

生まれつきある妙な力については、改めて説明するのが難しい。俺にとっては当たり前のことで、意識しだしたのも最近だしな。まあ、分からなくても構わない。とりあえず聞いてくれ。

俺は、端的に言うと、人に見えないモノが見える。霊感？ 違うんだ。確かに、見えるモノはこの世のものではないけれど。

幽霊ってのは死んだ人間の姿だよな。そうじゃなくて俺には、まだ生まれていない人間の姿が見えるんだ。

見分け方は簡単。あいつら全員素っ裸なんだ。そりゃそうだよな。見えるのは未来の人で、服や景色じゃないんだ。

この力は先祖代々受け継がれるものらしい。ウチの実家にはその手の逸話が掃いて捨てるほどあるんだ。

たとえば祖父はかつて、近所の山林から人々が出てくるのを見た。それも列をなして、目で追えないくらい高速で移動していたらしい。利にさとい祖父は大枚をはたいてその山を購入した。

直後、周辺一体に新幹線の開通計画が持ち上がったんだ。祖父は土地の転売で莫大な利益を得た。分かるか？　祖父に見えていたのは、新幹線の乗客だったんだ。おとぎ話みたいだろ。

　親父はもっと傑作でさ。子供のころから未来人はみんな悩んでいると思っていたらしい。一様に俯いてじっと手のひらを見ているから。だからしばらくは本気で手相見を目指していたらしい。あるときあわてて技術者の道を選んだけどね。

　そう、スマホだよ。今となってはおなじみの、みんな項垂れてスマホを見てる姿勢、それが見えてたってわけ。

　そんなわけで未来の人影がうじゃうじゃ見える暮らしが、俺としては普通の、当たり前の生活だったんだ。ここまでは分かってもらえたかい。それじゃ本題に移ろう。俺が日本を出た理由だったな。
消えたんだよ。突然いきなり藪から棒に、未来の人影が見えなくなったんだ。
分かるかい、それってさ、つまり。

俺のいる街には、近いうち誰もいなくなるってことなんだよ。俺は最後に見た未来の人影の挙動を思い出した。連中は上を向いて、空を指差していた。叫んでるみたいに口を開けて、まるで飛んでくる何かを見つけたみたいに。

悪いことは言わない、お前も早くその街から離れるんだ。間違いなく、よくないことが起こる。そこに未来はないんだから。

もしもし？　おい、なんだ今の大きな音は。おい！　もしもし……。

セーフティーコミュート

私が今の仕事に就いて、もうじき1年が経ちます。やることが多く大変な仕事ですが、給料もよく、概ね満足しています。何より、社会のために働ける満足感は、他の仕事ではなかなか得がたいものです。

私は毎朝、午前4時に目を覚まします。仕事着はスカートとブラウス。できるだけ目立たない服装を指定されています。

真っ暗闇の中、自転車を飛ばし、集合場所の最寄り駅に向かいます。改札口で他のスタッフと挨拶を交わし、点呼の後、リーダーから名簿が配布されます。

今日のクライアント様のお名前、集合時間と目的地を確認し、到着を待ちます。


日が昇り、カラスが鳴き出したころ。

クライアント様が徐々に、ホームへ姿を現します。

いつも感心するのは、集合時間に遅れる方がほとんどおられないことです。日本のサラリーマンは本当に律儀だな、と感心してしまいます。私達はおひとりずつ、目的地を確認し、名簿と照合していきます。降車駅を間違えてしまうと大変なお叱りを受けますので、この作業は念入りに行う必要があります。


確認が終わりましたら、クライアント様をおひとりずつ拘束していきます。

紙オムツを着用したか伺い、クリーニング済みの拘束衣に袖を通していただきます。レインコートのようにスーツの上から着せ、長く伸びた両袖を手錠で止めて、胴体に金具で固定する仕組みです。

それから、革製マスクを被せていきます。VRゴーグル、ノイズキャンセリングヘッドホン、消臭マスクが内蔵されている優れものです。装着すれば、完全な無音と暗闇の中で、ぐっすり眠ることができるのです。

さらにクライアント様たちを、降りる駅ごとにまとめていきます。拘束着には自在鉤(かぎ)とカラビナがついていて、お客様同士を連結したり、手すりや吊革に引っ掛けることができるのです。

二列縦隊に並べたクライアント様たちの最後尾に立ち、白線の内側で電車を待ちます。

さあ、電車がやってきました。今日も満員です。

私たちはクライアント様とともに電車内へ乗り込みます。緊張する瞬間です。

幸いにして今日は、スタッフ全員が乗り込めました。搬出作業もスムーズに行えるでしょう。

通勤電車内での痴漢行為が社会問題となった際、女性と同じかそれ以上に、男性が怯えました。ひとたび痴漢行為の容疑者となれば、たとえ冤罪でも立証はほぼ不可能で、無実の罪で全てを失う可能性があったからです。

公的な打開策が何ひとつ打たれないなか、いちはやくベンチャー企業が始めたサービスが「セーフティーコミュート」でした。完全な管理下、拘束され手も足も出ない状態で乗車すれば、痴漢に間違われることはない。「濡れ衣の前に拘束衣を着よう」をキャッチコピーに、このサービスは急速に拡大しています。

とはいえ、セーフティーコミュートへの世間の認知は、まだまだ追いついていません。

吊革にぶら下がる拘束済みのクライアント様の姿に、ぎょっとされることもしばしば。なかにはスマホで撮影する女子高生までいます。SNSに投稿するのでしょうか。クライアント様のプライバシーはこれ以上ないほど保護されていますが、あまりいい気はしないものです。


目的の駅に着き、無事、下車と搬出を完了しました。

クライアント様の誘導と拘束解除を他のスタッフに任せ……おっと、私は急遽発生した追加業務の処理のため、別方向へ向かいます。正直なところ面倒ですが、新規契約のチャンスかもしれません。


いつでも駅員さんを呼び出せる地点まで移動し、そこでやっと振り返ります。

背後に立っていたのは、蒼ざめた顔の中年男性でした。

彼は私の笑顔と、私と彼をつなぐ手錠に、交互に目をやっています。


混乱している彼に、私は丁寧に説明します。

私の下腹部へ明らかに故意の接触を図ってきたため、捕縛させていただいたこと。また、乗り合わせていたスタッフが行為を目撃しており、言い訳をしていただく手間は生じないこと。これ以上抵抗される場合は、やむを得ず大声を出させていただき、証拠を当局へ提出させていただくこと。

この場でセーフティーコミュートに申し込んでいただけるなら、今すぐに手錠を外させていただくこと。

思わぬところで新規のクライアント様からお申込みをいただきました。しかも、10年の前払い契約です。リーダーからも褒められ、嬉しい一日となりましたが、さすがに疲れました。午前10時。空き始めた電車で家に帰り、シャワーを浴びて、ベッドに入ります。

明日は仕事がないので、支給された革製マスクを被って寝ることにしました。

完全な暗闇と無音状態。社会のために働いたやりがいに包まれながら、私は今日も眠りにつくのです。

アンファンテリブル

5月17日

きょうは道とくのじゅぎょうがありました。

先生が「ほかの人の気持ちをわかる人になりましょう」といいました。

でもそれは、すごくむずかしいことだと思います。ちょうのう力者ならすぐわかるんだろうけど。

人の気持ちがどうやったらわかるのか、今もずっと考えています。

先生より

授業中、ずいぶん真剣な顔をしていましたね。いっしょうけんめい考えているんですね。先生はうれしいです。

そうやって考えることが、いちばんたいせつなことなんですよ。

5月20日

図書しつの本で、人間の気持ちについてしらべました。人間の気持ちを動かすのは、脳だということが分かりました。うれしいとか悲しいを感じると、脳の中に電流が発生するそうです。レンジやテレビみたいに、ぼくたちも電気で動いていると思うと、おかしくなりました。

先生より

びっくりしました、あれからずっと考えていたんですね。自分で本を読んで調べたんですね。とてもえらいと思います。脳のはたらきについては、二学期に理科で習います。

いろいろなことに興味をもって、勉強していきましょうね。

6月13日

先生、ぼくはものすごい発明ができそうです。それは、他人の気持ちがわかる機械です。

人間の気持ちは、電気で動くという話を、前に書きました。脳の中の電気の動きがわかれば、人の気持ちはわかるはずです。この機械が完成すれば、みんな他の人の気持ちがわかります。

佐々木くんと原田くんに話したら、おもしろそうだといってくれました。きょう、さっそくぼくの家で、会議をひらく予定です。

先生より

むずかしいことを考えましたね。そこまでしなくても、ひとの気持ちはわかると思いますよ。

でも、友達ができてよかったね。佐々木くんも原田くんも、先生にうれしいと言ってくれました。

8月31日

先生、ついに装置が完成しました。電極を対象者の頭部に挿入し、脳内に発生する微弱な電流を解析します。モニター上で他人の感情をシミュレートするプログラムは、佐々木が開発しました。すでに数件の動物実験を済ませ、喜怒哀楽をある程度判別することに成功しています。最終フェーズである人体実験については、被検体の選定に手間取っている状態です。被験者に対する施術は、医療技術に長けた保健委員の原田に任せます。

先生より

夏休み中に何があったのでしょうか。君たち三人の熱意と努力は認めます。ですが、目指す方向が間違っています。

どうか今一度、他人の気持ちについて考え直してください。

9月25日

先生、僕たちの感情測定機に、大幅な改良を加えました。脳に特定の電流を流し、他人の感情、ひいては性格をコントロールする機能です。

先生、今日はとても授業がやりやすく感じませんでしたか？　いつもぎゃあぎゃあと喧しい長谷川が、妙におとなしくなっていましたよね。

彼はわれわれの装置の、第三の被検体です。僕は人の気持ちをつくりだすことに成功しました。世界はもうすぐ平和になります。

先生より

明日、親御さんと一緒に、職員室に来てください。

9月26日

先生、今日は両親を連れて来られず、申し訳ありませんでした。両親、というより被検体の一号と二号は、外に出せる状態ではなかったので。最後まで議論が平行線を辿り、このような結末を迎えてしまったことを残念に思います。だけど僕たちは、いつも一生懸命な先生の姿が好きでした。

せんせー、これからもぜひ、ぼくたちとなかよくしてくださいね。

せんせーより

あなたわ　すごい　ささきくん　はらだくん　すごい　とても　えらい
せんせー　まちがってました　なかよし　みんな　なかよし
わかってくれて　ありがとー　わかった　ありがとー
せんせーわ　みんなと　ともだちでつ

こじらせた殺意(さつい)

私は誓いました。絶対に殺してやる、と。

全ての始まりは、あの11月。当時、私は十七歳。幸せの絶頂にいました。人生で初めて、彼女ができたのです。私のつたない告白を、彼女は頬を染めながら受け入れてくれました。

少しでもいい格好をしたい。その一心で、部活と勉学に励みました。苦手だった英語が急激に伸び、学年トップクラスの成績を獲得。その上、サッカー部でレギュラーに選ばれたときは、本当に嬉しかった。これからもっと素晴らしい高校生活が待っている、そう信じて疑いませんでした。

あの、呪われた嵐の日までは。

あの日、咳が止まらず微熱があった私は、風邪を理由に練習を休もうとしていました。しかし顧問は、低気圧より大会の日取りの接近を気にしていたのです。やがて、真っ暗な雲が広がり、大粒の雨が降り出しました。体が冷え切り、みんな顔面は蒼白、それでも顧問は練習を止めませんでした。私は皆を鼓舞し、顧問の檄に懸命に応え、そして、倒れました。

迎えた試合の日。私は病室にいました。こじらせた風邪が肺炎を併発し、一週間の入院を強いられたのです。

悔しかった。顧問は見舞いにすら来ませんでした。流れ込む点滴を、そのまま排出するように、涙が止まりませんでした。


学校に戻った私には、さらなる悲劇が待っていました。彼女から別れを切り出されたのです。

新しく好きな人ができた、と。心変わりの相手は、私の代わりに試合に出場したチームメイトでした。


目を閉じれば今でも、屈辱と怒りが込み上げてきます。素知らぬ振りを決め込む顧問、揶揄するかつての仲間。もう二度と振り返らなかった、彼女の背中。退部届を提出し、彼女との写真を消去したあの日。私は誓ったのです。

許さない。みんな殺す。残らず殺してやる。絶対に殺してやる。

壮絶な努力と冷徹な意志の下、私は粛々と準備を進めました。
そして、計画を実行したのです。

周囲を取り囲む騒々しい群衆。私が薄く笑みを浮かべてみせると、どよめきは更に大きくなりました。

ゼッタイニコロシテヤル。

見事にやりとげた私を、おびただしいフラッシュが包みました――。

「――いま、空港に――博士が現れました！」
「ノーベル生理学・医学賞を獲得した――博士の研究は――」
「ガンの根絶と同等ともいわれる革新的な発明！」

「原因が数百種類に及ぶため、根本的な治療は不可能とされていた〝風邪〟――」

「博士が開発した特効薬は――体内で症状を起こす原因を捕捉し、根絶！」

「〝風邪〟をこの世から、抹殺したのです！」

マナーを守った車両利用を！

昨夜未明、××線の回送電車内で、駅員が男性の死体を発見した。警察の調べによると男性は三十代前半でスーツ姿、吊革を下げる鉄棒にネクタイを結び縊死していた。警察では男性が自殺したものとみて捜査を進めている。

「この人痴漢です！　ちょっといいかげんにしてよ！　さっきからずっとあたしのお尻撫でてるでしょあなた。黙ってうつむいてないで何とか言いなさいよ。やだ！　また撫でたでしょ！　ほらこの手で、手、あれ、これ足？　やだ、首吊ってる」

電車車両内での遺体発見が相次いでいる。死因は主に縊死で、吊革を提げる鉄棒にネクタイなど紐状のものをくくりつけているケースがほとんど。発見された遺体の数は4～6月で100体を超える。鉄道局は「管理体制を強化する」と発表しているものの、満員電車内での見回りは実質不可能に近く、今後の対応に注目が集まりそうだ。

「気付いてましたよ、亡くなってたのは。首吊ってましたよね。同じ車両にいた方みんな気付いてたんじゃないかな。何か変な音がしたし。あれ、断末魔だったんですかね。ゾッとするな。通報？　しませんよ。かかわりたくなかったんです。それに何より、遅刻するのは嫌でしたから」

「先日、家族で電車に乗ったときの話です。私たち家族の前方で突然、スーツ姿の男性が首を吊りました。オシッコの臭いが車内に充満し、何とも嫌な気分になった上、子供たちが初めて見る死体に動揺し大泣きしてしまいました。いまわの際にそこまで望むのは酷かもしれませんが、ひとりの大人として、マナーを守った最期を迎えてほしいものです」

「ハクション！」

「大丈夫ですか」

「どうも。この車両、少し寒すぎやしないかね」

「そりゃそうですよ、専用の車両ですから」

「強冷車ができたのかい？ いや、電車はひさしぶりでね」

「ご存じなかったんですか。イシ用車両ですよ」

「救護用かい」

「あっはっは、まったく逆ですよ。縊死用車両。首吊り専用の車両です」

「え、え」

「車両自殺の流行はご存じですよね。いわばここは自殺実行部屋、兼、霊安室なんです。ご遺体が人目に触れないように、そして悪くならないように、こうやってぶら下げて、管理してるんです。マナーに関する糾弾も増えてましてね、鉄道会社も多くの負担を払って別車両をつくることに躍起になっているわけです」

「じゃあここにいるのは、いや、あるのは、みんな、ご遺体なのかい」

「ええ、とても静かでしょう」

「確かに。みんな黙ってぶら下がって、まるでマグロ市場だ」

「昔は轢死体をマグロと言ったとか。時代の流れですね」

「何て寒い車両、何て寒い時代だ」

「早く車両を移ったほうがいい。風邪をひいてしまいますよ」

「お気遣いありがとう。ところでひとつ聞きたいのだが」

「なんでしょう」

「君、寒くはないのかね。半袖のTシャツ一枚じゃないか」

「お気遣いありがとうございます。大丈夫ですよ、僕にはもう、関係ないから」

「あ、あ、消えてしまった……そうか、生きてる乗客なら、あんなに優しいはずないか」

しまらない男(おとこ)

私の前にある扉は、必ず開くんです。

いや、痛い名言なんかではなく。文字通り、そのまんまの意味です。

変な言い方になりますけど、私ね、鍵が効かないんですよ。誰かが施錠したドアのノブを、私が捻(ひね)るとしますよね。そうするとドアが、当たり前のように開くんです。理由は分かりません。そういうことになっているんです。適当にガチャガチャとダイヤルを回すだけで、金庫だってたやすく開けられます。

以前、世界最高峰を謳うセキュリティシステムに相対したことがありました。指紋認証と網膜認証と音声認証、あっさり突破できましたよ。特にモノマネなんかもせずに。

超能力というよりは、呪いや因縁みたいなものだと思います。だって私、自分の家だって施錠できないんですよ。この現象は、私が扉の外じゃなく、中にいても発生するんです。

家にいる間、玄関も窓も開きっぱなしです。いや、鍵はかけるんですよ？でも目を一瞬離した隙に開いてるんです。

最近の車には乗れません。ずっと半ドアのアラームが鳴るから。

変な体勢をとって、しっかり扉を押さえないと、公衆トイレで用が足せないんです。

うらやましいですか？　こんな日常。

悪用ですか。ええ、もちろん考えましたよ。

人様の家に勝手に入ったんです。大きな声じゃ言えませんけど。以前の家の近くに豪邸がありましてね。中はきっと宝の山だろうな、と、いつも思っていました。深酒をした夜に悪心を起こして、扉に手をかけてしまったんですね。

いとも簡単に玄関から潜入した私の姿を、ばっちり監視カメラが捉えていました。警報が鳴り響き、おまわりさんが駆けつけ、半ドアのアラームが鳴り響くパトカーで、私は警察署に連れて行かれました。どうやって鍵を開けたのか執拗に問い詰められましてね。「分からない」を繰り返していたら、何とか説教だけで返してもらえました。

牢屋に入れられなくてよかった。まあ檻（おり）の扉も、簡単に開いたでしょうが。

というわけで、鍵師なんです。今の仕事。いや、意図的に避けていたんですよ。なんだか安直すぎて嫌じゃないですか。どんな鍵も開けられる男が、鍵師の職を選ぶなんてのは。

でもこれ以上、悩むのも面倒くさくてね。だったら自分の特性を活かして飯を食ってやろうと思ったんです。何でも開ける私が、開き直ったわけですよ。お陰様で仕事は順調です。家族ももてました。ありがたいものですね。家の中から鍵をかけてくれる人がいるのは。

悩みですか。うーん、最近ひとつ、できまして。

私ね、息子の頼みを断りつづけてるんです。本当に申し訳ないと思うんですが、何が起こるかを考えると、どうしても叶えられないんですよ。

「ライオンを見たいから、一緒に動物園へ行こう」ってのはねえ。

フォーカード・マジック

はじめにそれを目撃したのは、人混みの中でした。

週末の終電間際の主要駅構内の、ほとんどが酔って騒いでるかそれ以上に黙ってるか倒れてるか、しらふで歩いてる人が誰もいないような人混み。僕も相当アルコール入ってて、シャッターにもたれて睡魔と戦ってました。

向こうから、まったく同じ格好をした二人の女が歩いてきたんです。

視界が揺れすぎて分裂して見えてるのか、って、僕も思いましたけど、顔が全然違くて。でも服装を紫の長袖と辛子色のロングスカートで合わせてたんです、二人とも。双子コーデって言うんですか。何が楽しいんだろうなあと思いながら、ジッと見るほどのもんでもないんで目を背けました。

そしたら反対側からも、同じ格好のコンビが来たんですよ。

紫長袖と辛子色スカートの、別の女子二人が、喋りながら近づいてくるの。

ワンペア2回はあってもフォーカードの目撃は稀じゃないですか。お互い気付いてないみたいだけど出くわしたらどうなるんだろうって、にわかに興味が湧いてきて。

邂逅の瞬間を予想したりしました。えーうそ！とかキャー！とか吠える？　もしくは何事もなかったように通り過ぎる？　あるいは四人で大喜びで写真撮って顔にスタンプ貼ってSNSに上げてライン交換する？　何が起きるかなあって、天を仰いで寝てるフリして、薄目で見てたんですよね。

想像してたリアクションとは全然違いました。出くわした二組、お互いに気付いた四人、ほぼ同時に顔を覆って泣きだしたんですよ。声を出さずに鼻すんすん言わせて、元のペア同士で抱き合ったりして。服が被るのって屈辱なのかな、と思ったんだけど違くて。どうも感動の涙みたいなんです、感に堪えない、みたいな。泣き終わった二組は、じわじわ距離を詰めていって。四人が輪になって、手をつないで。

で、パッと消えたんですよ。僕の目の前で。跡形もなく。

幻覚、ってことにするには、あまりにリアルな体験だったんですよね。だから
それから人混みを注視するようになりました。

三か月が経過した現在、かいつまんで結果だけ話しますね。

白い大きめのシャツにデニムのハーフパンツ。
薄緑のワンピース。
黒いヘソ出しのチューブトップにジーンズ。

上記三組、計十二人。消えていくのを目撃しました。完全にしらふで。

人間って同じ服着て四人で集まって手をつなぐと消えるんだ！　大発見！　と
思ったんですけど。だとしたら制服着た学生やらサラリーマンやら、もっとそこ
ら中で消えてるはずじゃないですか。まあリーマンは手をつながないだろうけど、
誰か気付きそうなもんじゃないですか。

僕が思うに、発動条件があと二つあるんですよね。
第一に、自分の意志で選んだ服を着ていること。
第二に、「自ら集まる」んじゃなく「偶然出会う」ってこと。

「自ら選んだ」
「服が被っている」
「偶然出くわした」
「四人が」
「手をつなぐ」
そうすれば「消える」

これがこの世の真実なんですよ。

気付いてから本当、いろんな疑問が一気に氷解したんですよね。
たとえば僕、双子コーデって本当に意味が分からなかったんです。他人と私服そろえる理由って影武者以外ないと思ってたから。

あれは出会いの確率を上げるためなんですよ。コンボ狙いなんです。お互いツーマンセルで動けば1回の遭遇で消滅できますもんね。ファッション誌がヒントを出してるんです。みんなあれを見て服を揃えてるんです。

この世界から、綺麗に消えるために。


ねえ？　そうなんですよね？


君たち三人と僕は「自分が選んだ」「服が被っている」。そして「偶然出くわした」。

ここまで間違いないですよね？　全員、面識はなかったですよね？


……僕に拉致されるまで。

ああよかった。とうとう終われる。ついに消えられる。

これでやっと、生きてる人間でフォーカードが揃いました。

手、手、手、手、つながってますね？　はがれないですよね、何せ工業用接着剤ですからね。

喜びましょうよ。綺麗に消えられるんです。こんなに嬉しいことないですよ。

いよいよこの瞬間です。フォーカードの完成です。

僕が！　手を！　握ります！

さあ、僕らは果たして、消えることができ

ギャルの遺言(ゆいごん)

もうみんな集まってる感じ？　んじゃ始めるねー。
とりまナツキに３０００万、アゲ。あげるって意味、ワラ。
で、ゆっちゃんに１０００万。
バシセンに１０００万。これサプライズじゃない？　サプライズでしょ？
３年間マジお世話になったからあげます。バシセン爆泣きじゃんねきっと。

まだ泣いてないかな？　ギャルって3秒先くらいすぐ分かるじゃん？　ウチだけか、ワラ。

で、余ったお金でありったけのつけま買って、無料で配ってください。あればあるほどいいからね、つけま。てか正味、すっごいお金あるんですけど。エグない？　でもぜんぶ合法のお金だし安心してw

あれ誰だっけ、お金の人。名前忘れちゃった。あ、ぜーりし。税理士の先生もびっくりしてました。お金ありすぎて。ちな、税理士の先生には一円もあげません。いろいろうるさくてまぢむかついたので。

ウチインフルエンサーになってよかったー。ヤバいねインフルエンサーって。

もうかるんだねインフルエンサー。てか待って、インフルエンサーって何？

結局よく分かんなかったよワラ。


あーあ！　まぢ楽しい人生だった。人間わずか50年？　誰が言ったんだっけ？　ホトトギス、ホトトギスの人。ホトトギスの人の中でいっちゃんきょーぼーな人。マジ沁みる。人生って短けェ〜〜〜。

あれもしたかったこれもしたかった、まぢ青い心。ヒロト涙目。

まあ全体的に、すごくよい生き方だったとおもいます。作文かっての。


えー、閑話休題↑死ぬ前に言いたかったやつ！　というわけでウチは一生ギャルでした。

まぢ偉大！　誰か語り継いで後世に！　よろ。

中一からギャルやり始めて。髪巻いたりまつげ盛ったり、プリ撮ったり貼ったり、飲んだり吐いたりしてる間にどんどん月日がすぎて。

あとウチ、入院してもギャルやめなかったからね。（バシセン、いや石橋先生、診察のたびに気ぃ遣ってくれてサンキュー！）

ウチ、生涯の誇りだから、ずっとギャルだったこと。

ゆっちゃん、いや、行弘さんもありがとう。こんなギャルに生涯付き合ってくれた、最高の旦那にＢＩＧ ＬＯＶＥ。

そしてナツキ。お母さん先に死んじゃうけど、マジで人生ブチ上げてね。

あー眠くなってきた、書くのやめます。みんな本当にありがとう。大好き。愛してる。

……ねぇー待ってｗｗｗｗｗ
思い出した！　織田信長！

遺言状の内容を聞いていて、途中から涙が止まらなかった。

誰にも分け隔てなく優しかった、私のお母さん。

「本当に最高。まぢギャルの鑑」

口に出したらますます泣けてきた。

享年、八十二。大往生だった。

美妖整形（びようせいけい）

生まれ変われるなら、手段は問わない。魔法でも、科学でも、何でもいい。美しくなれるのなら。

広々とした間取りに対し照明の数は少ない。それでも十分に明るいのは、床も壁も天井も真っ白だからだろう。近所の内科みたいに、健康増進のポスターなんて貼っていない。ぼんやり光る六面に囲まれて、私は椅子に座っている。

真っ白な空間の主である先生も白衣に身を包んでいた。

「……同じ場所で半年以上開院することは稀です。手術が終わればお会いすることはないと考えてください。術後のケアもありません。もしも再び施術を受けたい場合は、われわれの移転先を自力で探し出し、今回と同額の施術費を支払う必要があります。いいですか。私は覚悟を問うているのです」

　覚悟なら、ずっとしてきた。毎日鏡を見るときに覚悟してきた。初対面の人間の視線と嘲笑を覚悟してきた。生涯独り身で過ごす覚悟を、親からも愛されない覚悟をしてきた。

　人並みには生きられない、そんな覚悟をしてきた。

　あの噂を聞いたとき、私は覚悟の矛先を変えた。冗談のように高額な手術費と、その何倍にもわたる調査費用は、貯金と借金で支払った。

　それだけの覚悟を積み重ねて、ここに生まれ変わりにきたのだ。

　まったく表情のない顔で、淡々と先生は続ける。

「……金銭面だけではない。あなたは多くのものを失う。生命の危険はありません。これだけは約束しましょう。しかし、それ以外は激変します。顔全体を作り直すわけですから、見え方、聞こえ方、ひいては呼吸の仕方まで、全てが今までと変わる。耐えられますか」

　先のことはどうでもいい。とにかく綺麗な顔が欲しいの。懇願する私に、先生は告げる。
「私の施術を受けると、あなたは声を失います」

それでも、私に迷いはなかった。私は人生に復讐したい。先生、もう言葉がいらないほど、美しい顔にしてください。

先生は少し間をあけて、ゆっくりと頷いた。
「では、最後にもうひと言だけ仰っていただきましょう。永遠に声を失う前に」

……そういうわけで、私は待っている。さっきまで先生がいた椅子に座って、白衣を着て、自分が院長みたいなフリをして。先生との打ち合わせでは、直に待ち人はやってくるはずだ。
「技術が格段に進歩しても従来の整形手術には限界がある。なぜか。被験者が生まれもった顔面のパーツを最低限保持しなければならないからです。眼窩、鼻骨、耳、唇、舌、どうしても動かせない部品がバランスを崩す。必要とされているのは、真っ新なキャンバスなのです」

やがて聞こえてくる絶叫。こちらへ駆けよってくる足音。少し開けておいた扉から転がり込んできた中年男性は、警備員の制服を着ていた。
「化け物が出たんだ！　医者の化け物だ！　早く逃げろ！　こっちにくるぞ！」

顔面蒼白で震えている。やれやれ、どれだけ驚かしたんだろうか。

口角泡を飛ばす彼から顔を背け、私はゆっくりと、教わった言葉を口にする。
「ねえ、その化け物って、こんな顔でした？」

変装用の白衣と気絶した警備員が運び出され、私は手術台に横たわる。先生と助手たちが私を取り囲み、ゴム手袋をはめた手を上に向けている。その表情に緊張の色はない。

当然だ。皆、のっぺらぼうなんだから。

私は先生に問いかける。直接相手の脳裏に訴えるのだ。先生がやっていたみたいに。
「先生、私の顔、もう、ないんですよね」

もう目がないのに、先生が静かに頷いたのが分かった。歓喜に満ちる。私の醜い顔面は、この世界から消え失せたのだ。

手術が始まった。麻酔をかけられ、瞼もないのに眠気がやってきた。抉られ、縫い合わされ、何ひとつない私の顔が完璧な美貌に近づいていく。

人並みの人生は送れなかった。だから、私はもう人間じゃなくていい。

転科（てんか）サイト「ねこナビ」

吾輩は一か月前から猫である。名前はもうない。

一応言ってみた。猫になったからには一度ぐらいはパクリたかった。

吾輩もとい俺は、もともと霊長類ヒト科ニセサラリーマン目のタナカヤスタケと名のる人間だった。サラリーマンというのは地味な外装とよく響く足音、溜息と舌打ちを特徴としたもっともよく観察できる人間の一種だ。ニセサラリーマンというのは外見はまったく同じだが、舌打ちと溜息の量がサラリーマンより多く、主としてハローワークで多く発見される亜種、つまり無職だ。

あの日、徹夜で就職サイトを巡り、辿り着いたのが「ねこナビ」だった。

ねこナビはヒト科からネコ科への転科サイトだった。冗談のように求人は多かった。以前の住まいから徒歩五分、三丁目の黒ねこが一枠あいているとのことだった。これ以上人生に固執する理由がなく、これが冗談ならもうおしまいだ。試験を受けることにした。

審査官は5匹。全てねこだった。パイプ椅子の上で丸まっている連中めがけ、俺は懸命に自己アピールを繰り返した。が、何も変わらない。

これはひょっとすると質の悪い悪戯ではないか。そんな疑念が湧き上がった瞬間、一番大きなねこが二本足で立ち上がった。

「合格じゃ。貴様はわれわれの目的にふさわしい」

バリトンボイスで喋った。俺は失神し、気付いたらもうねこだった。

目下のところ、ねこ暮らしは格別である。現在の体は五歳の雄ねこだと面接後に聞かされた。そして、野良だ。寿命は残り10年くらい、人間時の4分の1だ。そのかわり毎日が、4倍以上に濃い。

諸兄は知らないだろう。ねこの感覚の鋭敏さを。ボンネットの温かみ。残飯のうまさ。ブロック塀のスリル、満月の美しさ、ねこじゃらしへの興奮、毛づくろいの達成感、マタタビの妖しい魅力、子ねこのかわいらしさ、雌ねこの色香。
興奮と冒険と刺激、良質な孤独と安らぎに満ちた日々だ。ただ生きていると
いうだけで、こんなにも満たされるなんて。何をやっても続かなかったはずだ。
そもそも俺は人間に向いていなかったのだ。転科して本当によかったと思う。

先日、連れのブチねこに声をかけられた。彼は生まれつきのねこだが年齢的
には近く、新参者の俺にも優しくしてくれた盟友である。

「やあ、いいところに。相談があるんだ」

「どうしたんだい急に」

俺を金色の目で見つめながら彼は言った。

「うん、じつは……人間に転科しようと思ってね」

「おいおい、人間なんてロクなもんじゃないぞ」

「もう、決めたことだから。で、君に頼みがある」

「何だい」
「人間だったころの君の持ち物を借りたいんだ。われわれの世界と違って、体の大きさや見た目の良し悪しだけじゃ、どうにもならんのだろ、人間の世界は」
「何だ、そんなことか」

ねことはいえ恩がある。俺は喜んで彼に以前のすみかを教えた。家賃こそ滞納しているが、ひと月なら問題はあるまい。彼はペロッと舌を出し、喜んで去っていった。

それから一か月後。俺は雑踏の中に、人間だったころの俺を見つけた。一瞬混乱したが、すぐに分かった。彼だ。ブチねこだ。服もカバンも顔のつくりも、全て俺のものだった。

人間だったころの俺の持ち物を借りる、とはこういうことだったのか。向こうも俺に気付いたようで、ペロッと舌を出して見せた。

……そういえば、最近やたらと転科者を目にする。元人間のねこと、元ねこの人間。どちらも匂いで分かるのだ。

共通しているのはどちらも満足そうな表情を浮かべていることだ。誠に結構なことである。元ねこの人間たちは着実に数を増やしているようで、この間など選挙に出馬していた。

「侵略」……？　いやいや、まさか。

そんなことより今日はよい天気である。今から素敵な昼寝をするのである。

ホワイトアウト

「落ち着いて聞いてください」

医者は重々しい口調で言った。

「あなたは、結膜炎です」


いつもの夕食。目がかゆい、と申し出た。

母が卒倒した。

顔面蒼白の父が病院に電話をかけた。

見たことがない、真っ黒な救急車がきた。


そして、突然に放り込まれた集中治療室で、私はこうして医者と対峙している。

「結膜炎、ですか」

「目の病気です。目を覆う膜が充血して、かゆみが生じます」

「その結膜炎、ってのは、不治の病なんですか」

「……っいえいえ！　決してそんなことは！　点眼薬と休養で治療できます」

医者はぐっと声を落として続けた。

「ただ、メガネを外す必要があるんですよ」


なるほど。確かに一大事だ。父や母が異様に騒ぎ立てるわけだ。私は無意識に、メガネのフレームに触っていた。

たとえば、今日の予定。たとえば、教科書とノート。たとえば私から医者の顔までの距離、1メートル53センチ。

このメガネは、様々な情報を視覚に表示してくれる。生活になくてはならない存在だ。

さらに重宝するのが、視覚の変容だ。メガネに映る映像は、好きなように修正できる。目を大きく、とか髪の毛を黒くとか、見た目そのものを置き換えることもできる。現に私は今、医者の見た目を、イチ押しの若手俳優に変換している。


「結膜炎というのは、感染力の強い病気でしてね」

好きな顔になった医者が淡々と説明を続ける。

「放っておくと、二次感染でメガネを使えなくなる人が増えてしまいます」

だから両親は、あんなに怯えていたのか。

「ですから、発見し次第、こうして隔離している、というわけです」

「私はどうなるんでしょうか」

「このまま入院していただきます。最低でも一週間はかかります。学校は休むように。なお治療中は面会謝絶です。ご理解ください」

無茶苦茶な要求だ。それでも、そこまで腹がたたない。好きな顔だから。これもメガネなしではできないライフハックだ。

病院での一週間は、極めて退屈かつ平穏に過ぎていった。両親は私がメガネを外すことに最後まで反対していたらしいが、慣れてしまえば大した問題はなかった。

壁も天井も真っ白で窓もない。極めて気が滅入る部屋。唯一の娯楽は読書。紙の本に触れるなんてじつに久しぶりで、ちょっと興奮してしまったけれど、すぐに慣れてしまった。

回診にくる医者は宇宙服のごとき重装備だった。二次感染リスクの徹底排除、と、フルスモークの防護ガラス越しに言っていた。やがて、目の充血が消えたと言われ、私は退院した。

両親と友達がそれぞれ、軽い快気祝いをしてくれた後。眠りにつく前にふと、私はメガネに触れてみた。

――今、メガネを外したら、どうなるんだろう。

これまで考えたこともなかった。口を思い切り開けつづけるとか、くるぶしを撫でつづける、みたいな、する必要もやる意味もないことだったから。

でも、やるとしたら今だった。

この世界では十八歳になればみんな視覚アップデートを受ける。メガネの機能を丸ごと脳内に埋め込む手術だ。その前に。

私は目を瞑り、思い切ってメガネを外した。そして、ゆっくりと目を開けた。

壁も床も天井も、すべてが真っ白だった。病室？　戻ってきたのか？　私の部屋にいたのに。

小学校から使っている机があるべき場所に、白い箱が置かれている。怖々と撫である。覚えのある感触。小学生のときつけた彫刻刀の傷だ。

これは、机だ。つまり。

私はずっと、メガネが投影する映像の中で暮らしていたんだ。

「どうしたんだ！　悲鳴が聞こえたぞ」
「何があったの！」
父母の慌てた声と乱暴なノック。私は泣きながら床を這い、真っ白なドアをなんとかこじ開けた。

「ねえ、これ、どういう」
ことなの、とは言えなかった。
戸口にいたのは人形だった。

輪郭とサイズだけを模倣しただけの、つがいの人型だった。その口元に埋め込まれたスピーカーから、両親の声が流れた。

「メガネを外したのか、お前」

「メガネを外したのね、あなた」

逃げなければ。真っ白なカーテンを開き、真っ白な窓枠に足をかけ、裸足のまま庭に飛び降りた。感触は芝生なのに地面は真っ白だった。

対象が逃げるぞ、と、父の声が叫んだ。私は咆哮しながら駆けだした。

道も街も空も真っ白だった。

どこまでもどこまでも、真っ白だった。

逃げている自分さえ、真っ白の中に溶けてしまいそうだった。

着火剤（ちゃっかざい）

「悪いが君を帰すわけにはいかない。もうしばらく付き合ってもらうぞ」

「もう全部話しましたよ、刑事さん。僕、警察嫌いなんです」

「おととい、君はあのカフェで店員と口論をした。オーダーミスが原因だ。

君は捨て台詞を残して店を出た。間違いないかね」

「捨て台詞なんて。二度と来るかと言っただけです」

「君が立ち去って数分後、カフェで爆発が起きた」

「……」

「時限爆弾による犯行だ。死傷者多数。二度と行けなくなったわけだな」

「僕が時限爆弾を持ち歩いていたとでも言うんですか。とんでもない話ですよ。犯人扱いはまっぴらだ」

「犯人はもう捕まっている」

「え」

「設置の様子が防犯カメラに映っていた。動機は現在、調査中だ」

「じゃあ、何で僕を勾留するんです」

「君、事件に遭いかけたの、初めてじゃないだろう」

「遭いかけた？」

「苗字に見覚えがあったんで、過去の資料をあさってみた。驚いたよ。列車事故、連続通り魔、火災、玉突き事故。決して少なくない調書に君の証言があった。関係ない？　確かに。事件なら犯人が、事故なら原因が、どの案件もきっちり特定されている」

「それなら問題ないでしょう」

「列車事故で興味深い証言がある。『若い男性が携帯の使用を注意されて、顔を真っ赤にして次の駅で降りた。その直後、列車が横転した』この男性が君だ。そうだろ？」

「調書を見たなら分かってるんでしょ」

「自分でも気付いているだろう。君が強い不快を覚え立ち去った場所には、ことごとく災いが起こるんだ」

「……だったら何なんですか。ただの偶然でしょう。よしんばそんな能力があったとして、僕は罪になるんですか」

「立証は不可能だな」

「だったら早く家に帰してください。もう何なんだ！　警察なんてウンザリだ！」

「帰せるわけがないだろう。君が、警察を嫌っている限り」

殺す時間を殺すための時間
2限目

ゲームキッズ

ごめんなさいお母さん。僕が悪かったんです。
二度としません。お母さんに恥をかかせません。
反省しています。ごめんなさい。

……違う？　お説教じゃない？　それじゃあ、話って何なの？

……あー、そのノート。

見つかっちゃったか……ＯＫ。分かった。全部話す。

びっくりしたよね多分。

お母さんのことばっかり書いてあるから。

僕としては内容より、こんなにたくさんお母さんがキレてたことに驚いてほしいんだけどさ。ああ、愚痴の羅列じゃないんだ。被害報告でもない。

確かに殴られたことや怒鳴られたことも詳しく記録してるけど。そのノートはまあ、資料だよ。お母さんの攻略本を作るためのね。

毎日毎日、お母さんにひたすら怒られてるうち、ふと気づいたんだ。お母さんの説教って、毎回同じ流れだな、って。だったらもしかして、攻略本を作れるんじゃないかなって。

ほら僕、お母さんが言うところの〝ゲーム脳〟だから。

説教って要はリズムゲームなんだよね。タイミング図って、泣いたり謝ったり反省したりするっていうゲーム。バトル開始のタイミングがエンカウント方式なだけで、怒られ方って結局、単純なパターンの組み合わせだし。

まず研究したのがイベント開始のトリガー、つまり怒られる理由ね。遅刻とか耳障りな音とかテストの点数が低かったとか、その手のやつ。

次にイベントの発生頻度ね。お母さんがイラつきやすい時間帯とか曜日とか。お父さんが早く帰ってこない月曜日の夜は発生頻度「高」みたいな。

それからもちろんバトルそのもの、つまりお説教について。お母さんの攻撃、決まり文句とか理論展開を分析して、どう対応したらいちばん早くターンが終わって、ダメージを最小限に抑えられるかを、完璧に割り出したわけ。

簡単だったよ。思ったよりずっと単純なパターンだったから。

あ！　その溜息。17ページの「攻撃パターン早見表」に載せたやつだ。「この子は何を言ってるのかしら」を意味する溜息だよね。

安心して。もう何もしないよ。だって完成したから、お母さんの攻略本。去年の夏休み、僕、めちゃくちゃ反抗的だったでしょ？　お母さん本当に毎日僕を怒鳴りつけて、何なら入院させようか、くらいのこと言ってたけど、秋から急に落ち着いたでしょ。

うん、あれが総仕上げ。

要するにお母さんは、半年前に僕に〝全クリ〟されてるんだよ。

「『誰に向かって口を聞いてるの！』」

びっくりした？　息子がハモッたから。分かるんだよ言うこと全部。

「『どうしてこんな子に育ったのかしら！』」

二連続。だからさあ、攻略済みなんだって。

お母さんが何を考えて何を言って何をするか、もう全部分かるんだよ。

ローディング長いねえ、お母さん。何考えてるか当てようか？

外部機関でしょ？　病院とかカウンセラーとかに僕を投げようとしてるよね。

別にいいよ。どこ行っても同じことやるし。クリアする方法考えるだけだ。
攻略本？　ああ、原本はもう持ってないよ。クリアしちゃったゲームの攻略本
いらないでしょ。お母さんのスペックから考えて、これ以上のアップデートも
見込めないし。だから、すごく欲しがってる人に売っちゃった。
ほら、お父さんが帰ってきた。手に持ってるのは「課金アイテム」のケーキ。
攻略本通りだ。今いちばん効果的な装備だよ。嬉しいよね、お母さん。

バイトラッシュ

A「来てくれてありがとう」
B「久しぶりだな、お前バイトばっかで全然会えねえじゃん。で？
折り入って相談って何だよ」
A「こないだ変なサメに噛まれてさあ」
B「うん、ん？」
A「監視員のバイトをしてたんだ、海水浴場の。稼ぎがよくてさあ」
B「や、お前今、サメって言わなかった？」

A「そうだった、そうそう。その空き時間に海に泳ぎにいったら、
脇腹、ガブッといかれた」

B「うわうわうわ」

A「死ぬかと思ったよ」

B「え、何で無事なの」

A「それが何か変なサメだったんだよ。すごい臭かったの」

B「魚類はだいたい臭いだろ」

A「じゃなくて。腐敗臭。なんか目も濁ってたし、泡吹いてたし」

B「よく観察できたなお前」

A「あれさあ、サメのゾンビじゃないかと思うんだよね」

B「何だそのB級コラボ怪物は。何？　つうことはお前、今ゾンビ
なの？」

A「そこがじつはややこしいんだよね」

B「ん？」

A「じつはこの間、犬に噛まれてさあ」

B「構成おかしいだろ。犬の後にサメだ普通は」

A「あれは……ビラ配りのバイト帰りだったんだけど」

B「お前そんなに金に困ってるの?」

A「変な犬だったんだよねえ。まず、泡吹いてたし」

B「泡って流行ってんの?」

A「やたら獰猛でさ、あと水を異常に怖がるんだよ。たぶん狂犬病なんだよね」

B「マジでヤバいな」

A「買い物終わり、スーパーの出口でいきなり、首筋噛まれたんだ」

B「え、つくづくついてねえのな。てかそれってさ、つまるところ今、お前狂犬病なの?」

A「と思うだろ? でも続きがあって。その時、袋にたまたま、ニンニクが入ってたんだけど、犬がそれ見て苦しみだしてさ」

B「ニンニク?」

A「そしたら巨大なコウモリに化けて、バサバサ飛んでいったんだよね」

B「夢じゃねえの？　なにその展開？」

A「変なことも起きるもんだと思いながら、夜勤に向かったんだ」

B「まだバイトするのかよ。てかお前、何で平然としてるの？」

A「あの犬、狂犬病の吸血鬼だと思うんだよね」

B「ややこしいな……ちょっと待って？　つうことは何、お前はもれなくゾンビであり、吸血鬼であり、狂犬病である可能性があんの？」

A「そう、あとサメと犬」

B「サメと犬はねえよ。で、つまるところいったいどれが濃厚なんだ？　さっさと決めて、かかるところにかかれよ。医者なり、獣医なり、エクソシストなり。いずれにせよバイト代は無に帰すだろうけど。や、それかあれか。バ畜の神様がたまには休みなさいって言ってるのかもな。結局お前は、今何なんだよ」

A「分からないねえ。だからさ、確かめたいんだ」

B「どうやって？」

A「……なあ、ちょっとお前を噛ませて（バイトさせて）くれないか？」

とうめい熊(ぐま)のいたオフィス

イトウ係長は溜息と舌打ちばかり。サトウ課長は即身仏みたいな仏頂面。ムトウ部長は懐古と罵声がだだもれで、職場の環境悪化の権化。

私の職場は老いのショーケースだ。入社して1年、毎日出社した瞬間から辞めたくなる。今朝もそうなる……はずだった。

淀んだ気持ちでオフィスに入った瞬間、私は、違和感に気付いた。

皆が微笑んでいる。苦笑でも嘲笑でもない、上品な微笑みだ。

背筋を伸ばしてきびきび歩き、大きな声で挨拶を交わし、あちこちで活発に議論をしている。風前の灯を白熱球にチェンジしたような活気。たじろぐ私の肩を叩いた色っぽい美女は……昨日までノーメイクだった経理の岸さんじゃないか。


「おはよう！　ねえ、ついに出てったのよ！　とうめい熊」

「……とうめいぐま？」

「あれ？　知らない？　去年、研修で教わってるはずだけど」

「覚えてません」


ダラダラ長い説教が続くだけの研修内容なんて……とは言えなかった。

岸さんは悪戯（いたずら）っぽい笑みを浮かべ、えへんとひとつ咳払いをした。

「名前通り透明な熊よ。各地に住んでるけど透明だから目撃例は少ない。夜行性で、ほとんど寝てる。熊にしては小柄だけど、とても好戦的」

「見たことありませんよ」

「だって透明だもの」

「でも、とうめい熊がいるなんて、そんな話、仕事中に誰もしてなかったじゃないですか」

「だって、下手にとうめい熊を刺激したら襲われるじゃない」

「だいたい、このフロアのどこにいたんですか。透明でも、いるんだったら触れるはずです」

岸さんは不思議そうに眉をひそめた。

「逆に尋ねるけれど、あなた、このフロアを隅々まで歩いたことある？」

私は口を開いたが、言い返せなかった。事務職の末端だから、動いてもオフィスとトイレの往復くらいだ。

「とうめい熊だって、上手に隠れて寝てたわよ」

「……で、何で皆さんこんなに雰囲気変わったんですか」

この上なく嬉しそうに、岸さんは説明してくれた。

「分からない？　私たちみんな、死んだフリをしてたのよ。とうめい熊のいちばんの好物は、生きた人間だから。できるだけおいしくなさそうな、不健康で無気力な人間を演じてたの。でも、それも昨日の晩で終わり！　さあ、ばりばり働くわよ！」

「ちょ、ちょっと待ってください！」

私は慌てて岸さんを引き止めた。納得がいかなすぎる。

「何？」

「どうしてその、とうめい熊は、ウチのフロアから出ていったんですか？」

「そりゃ、お腹いっぱいになったからよ、ほら」

岸さんはフロアの奥を指さした。ネイルしたての指にはストーンが輝いている。

その、指が、示した先。

ムトウ部長のデスクが、原形がなくなるほど徹底的に破壊されていた。

「残業中に大声で、誰かを怒鳴りつけたんですって。とうめい熊に齧られて、頭から消えていったらしいわ……おお、怖」

大げさに震えてみせる岸さん、しかし私は笑えなかった。

「あ、あそこ、血が付いてませんか」

「そりゃあ、血ぐらい出るわよ」

「どうして冷静なんですか！　これ事件でしょう！」

「事件？　どうして？　警察が来てないじゃないの」

平然と言い放つ岸さん。


何を、と言い募ろうとして気付いた。オフィスにいる全員が、私を見ている。

外線が鳴っている。それなのに、誰も取ろうとしないで、じっと私を見つめている。


岸さんが、大きく伸びをしながら言った。

「あんまり騒いでると、とうめい熊に襲われちゃうわよ」

みんな隠している。とうめい熊か、とうめい熊より怖い何かを。

私は震える声で返した。

「そうですね、警察が来てませんものね」

能面のようだった岸さんも、笑みを浮かべて呟いた。

「そうよ、警察が来ていないもの」

岸さんが立ち去るのと同時に、職場の空気が再び動き始めた。談笑と活気に満ちた空間を歩き自分のデスクへ向かう。転がっていた椅子の残骸を足で机の下に蹴り込み、パソコンを立ち上げた。

とうめい熊がいるにせよ、いないにせよ。この職場でやっていく秘訣は、無気力と無関心のようだ。

遠くで誰かが、電話を取れなかった非礼を詫びている。

しょうじから

これは超能力といえるのだろうか、と、彼女は悩んでいた。

彼女が能力を発揮するためには、ある道具が必要になる。スプーンでもＥＳＰカードでもない。

障子だ。

能力を発揮するには以下の手順が必要になる。まず障子の前に正座し、特定の場所を思い浮かべる。次に指で障子紙に穴を空ける。するとその穴が、思い浮かべた場所につながるのだ。

穴を覗けばその場所の景色が見える。鼻を近づければ匂いがするし、熱気や寒波も感じられる。

いわば指だけテレポート。もしくは、条件付き千里眼。

確かに特異な能力だが、使い勝手がイマイチよろしくないのだ。穴は一日に両手の指の数、10個しか開けられない。親指の太さより穴の直径が大きくなると、覗き穴は効力を失う。相当はっきりイメージしないと、変な視点になってしまう。障子を破りすぎてお母さんに怒られる、などなど。というわけで彼女は、本当に暇なときしかこの能力を使わなかった。風呂場、水中、宇宙空間、そんなところを覗くようなミスももちろんしない。彼女は「ドラえもん」の愛読者なのだから。


というような話を、彼女は彼氏にした。

彼氏は商社マンだ。国内外を飛び回っている。

海外電話の中で、彼女は何の気なしに、能力の話を持ち出した。

「にわかには信じられんな」

彼氏の口調が真剣味を帯びた。

「本当かどうか、実験させてくれ」

勢いにのまれ彼女は了承する。


彼氏が告げるホテルの部屋の間取りを、なるべく鮮明に思い描く。そして、久々に障子に穴を空ける。

「窓から何が見える？」

「海と月。星が綺麗ね」

「机の上に何がある？」

「ペンとメモとお酒。飲み過ぎには気を付けてね」

「僕の格好は？」

「シャツとズボン。部屋着に着替えたら？　しわになるよ」

次々に穴を空け、次々に応える。

「どうよ」

唸る彼氏。

「監視カメラでも仕掛けてるんじゃないのか？」

「私が機械に疎いの知ってるでしょう」

唸る彼氏。

「分かった、次だ。僕は今どんな表情をしている？」

見なくても分かりそうなもんだ、と、彼女は呆れる。

左手中指で空けた穴を覗けば真正面にイメージ通りの表情。

「ずいぶん驚いた顔をしてるわね」

「今、空中に君の指が出てきたんだ。もっと近くに出してくれ」

薬指で穴を空ける。妙な感触。やばい、近すぎて目を突いたかしら。


彼女は慌てて指を引き抜く。その動きが止まる。

「どうよ」

電話越しに彼氏の照れた声。

「……にわかには信じられないわね」

「帰ってから言うつもりだったけどちょうどよかった、ずいぶん驚いてるな」

「そっちからは見えないでしょ」

「見えないけど」

「バカ」彼女は笑う。「顔、見られなくてよかった」

彼女が涙を拭う左手の薬指には、海を越えて異国の指輪が輝いている。

就職強盗（しゅうしょくごうとう）

大将「いらっしゃいませ、立ち食いうどんの草月庵にようこそ！　お客さんご注文何にします？　お客さん？　どうしました？」

強盗「か、か、金を出せ」

大将「おいおい、落ち着けよ、お兄さん。その包丁をしまいなさい」

強盗「うるさい！　刺すぞ、ほんとに刺すぞ！」

大将「逆だよ。刃先がそっちに向いてんの」

強盗「え？　あ、痛い！」

大将「何やってんだよ。刃先を握るやつがあるか。いいから下ろせ、べつに通報なんかしないから。何か事情があるんだろ？　どうして強盗なんかしたんだ」

強盗「こ、これ……」

大将「何だいこりゃ、汚い字だね。何かのリストか？　……ピザ屋を開いて大評判、アメリカで大絶賛のミュージシャン、薬の研究者、インテリアデザイナー、ピン芸人、宇宙飛行士……何だこれ？」

強盗「それは、僕の母さんがついたうそだ」

大将「うそぉ？」

強盗「ぼ、僕はここ10年くらい、ずっと引きこもってた。母さんはそれを隠すために、近所の人にうそをつきつづけてたんだ！　息子はもうウチにいません、遠くの町で成功してますって」

大将「うへえ、ひどい親だな」

強盗「母さんの悪口言うな！」

大将「情緒がひどいなお前。こんなことしても、お母さんは喜ばんぞ」

強盗「母さん、入院したんだ！」

大将「さては話聞いてねえな？　入院？　何で？」

強盗「知らない。僕には知らされてない。もし母さん帰ってこなかったら、母さんうそつきのまま死んじゃう。そんなのはだめだ！　だから僕は、母さんのうそを現実にする。そうしないと親不孝だ！」

大将「すでに親不孝だろ。強盗やってんだぞ」

強盗「だからとにかく金がいるんだ。二億円出せ！」

大将「あると思ったのか、ウチに二億円が」

強盗「ないの？」

大将「ウチ、立ち食いうどん屋だぞ。一杯三百六十円だぞ。あるわけねえだろ」

強盗「そんな、じゃあ僕はどうすればいいんだ！」

大将「大騒ぎだな。まあ、事情は分かった。協力してやるよ」

強盗「え？」

大将「いや俺もな、ヒマしてんだよ。店の中、ガラガラだろ。これも何かの縁だから、手助けしてやるってんだよ」

強盗「でも、金もコネもないくせに、どうやって助けてくれるの」

大将「ぶん殴るぞテメエ。そこは知恵と工夫だよ。手始めにそうだな、お前。そこの椅子に上がれ。包丁はこっちに貸せ。ほんで、そこから飛び降りろ」

強盗「はあ、よいしょ、よっ……これでいいの？」

大将「おめでとう、これでお前は、宇宙飛行士だ」

強盗「はあ？　おじさん何言ってるの」

大将「学校で習っただろ、地球ってのは宇宙を飛んでるんだ。今、お前は宇宙の中の地球の中で椅子から飛行したんだ。これが宇宙飛行じゃなくて何だ。お前は、宇宙飛行士だ」

強盗「すごい屁理屈だ!!」

大将「うそじゃないからいいだろうが。蹴倒した椅子、元に戻せ」

強盗「はい、もうちょい右？　これでいいですか」
大将「おめでとう」
強盗「またですか」
大将「これでお前は、インテリアデザイナーだよ」
強盗「これだけで？」
大将「いいか、その椅子だってうちの立派なインテリアだ。それをお前は、あるべき位置に置いた。つまりデザインしたんだ。これがインテリアデザインでなくて何だ？　文句を言うヤツがいたら連れてこい。麺棒でぶん殴ってやる」
強盗「めっちゃ理不尽じゃんか」
大将「じゃんじゃんいこう。その前に、さっき怪我したとこに塗っときな」
強盗「どうも……初めて使う塗り薬だ……ありがとうございます」
大将「これでお前は、薬の研究者だよ」
強盗「ただ傷薬塗っただけだよ!?」

大将「お前、自分で言ったじゃないか。『初めて使う』って。初めて使う薬をためらいもなく己の傷口に塗りたくったんだ。そんなことはお前、勇気ある研究者しか、できないことだぞ？」

強盗「ものすごく強引だ。この店に人が来ない理由が分かった気がするよ」

大将「次はこれだな、ピン芸人。よし、お前、僕はピン芸人です！って叫べ」

強盗「……僕はピン芸人です！」

大将「ＯＫ！　では次は……」

強盗「いいの!?　叫ぶだけでいいの？」

大将「いいんだよ。ピン芸人ってのはお前、自己申告制なんだよ。ピン芸人かどうかは魂が決めるんだよ」

強盗「おじさん、何言ってるかわからないよ」

大将「次はこれだな、アメリカで大人気のミュージシャン。よし、今からここで歌え。ミュージシャンも自己申告制だからな」

強盗「でも、『アメリカ』って書いてあるよ。これはどうするの」

大将「そうか……よし、今日からウチの店の名前を『アメリカ』にする」

強盗「いいの!?　うどん屋だよ!?」

大将「いいんだよ、テコ入れだ。これでうそにはならない、歌え」

強盗「ありのーま」

大将「うまい！　じゃ次な」

強盗「もうちょっと歌わせてよ」

大将「ピザ屋を開いて大評判、か。今更だけど、何なんだこのラインナップ。じゃ、お前外に出て、扉を開いて、店に入ってこい。そしたら、俺が褒める」

強盗「どういうこと？」

大将「だから『店を開いて大評判』だよ。間違ってないだろ」

強盗「でも、ここピザ屋じゃないよ。これはさすがに……」

大将「……じつは明日からな。ウチはピザ屋になるんだ」

強盗「無茶だよ！　おじさん無理しないでよ！」
大将「やるといったら俺はやる！　明日から、立ち食いピザ屋『アメリカ』だ！」
強盗「聞いたことないよそんな業態！」
大将「いいから！　暖簾くぐって入ってこい！」
強盗「何でピザ屋に暖簾があるんだよ……がらがら」
大将「よっ！　開いた！　完璧！　これでコンプリートだ。おめでとう」
強盗「これでいいのかなあ」
大将「いいんだよ。少なくともうそはついてないんだ。お母さんが文句言うようだったら、連れてこい。ぶん殴ってやる」
強盗「病人なんだよ……あ、でもさ、僕お金稼いでないよ？　お金をもらわなかったら、働いたことにならなくない？」
大将「一理あるな、よし、わかった。ウチの今日の売上だ。さすがに二億はないけどな、受け取れよ」

強盗「おじさん……ありがとう！　大事に使うよ！」

大将「は？　何を言ってるんだ？　受け取りたいっていうから渡しただけだ。受け取ったらすぐ返せ、包丁で刺すぞ」

強盗「返す返す返す！」

大将「お母さんとこ行ってこい。もううそつきじゃないよって、言ってこい」

強盗「おじさん、ありがとう！」

大将「頑張れよー……さて、ピザってどう作るのかな」

母「ここかしら……すみません」

大将「いらっしゃいませ！　立ち食いピザ屋『アメリカ』へようこそ！」

母「うどん屋さんって聞いてたんですけど」

大将「いろいろあってね、立ち食いピザ屋になったんですよ。何にします？　なんでもありますよ。きつねピザ、たぬきピザ、花巻（はなまき）ピザ、卓袱（しっぽく）ピザ」

母「名残がすごい。あの、じつは今日は、お礼を言いに来たんです」

大将「お礼？」

母「息子がお世話になったと伺いまして」

大将「息子？　ああ！　あの強盗野郎！」

母「どうか！　どうかご内密に」

大将「失礼しました。もうお具合はよろしいんで？」

母「そんな重い病気ではないんです。なのにあの子、勝手に取り乱して。この度は本当に申し訳ありませんでした」

大将「いいんですよ。あ、これお渡ししますね。忘れていったんですよ。あいつが私に突きつけた包丁です」

母「本っ当に申し訳ありません！」

大将「いいんですよ。息子さんは、元気にしてますか」

母「ええ。この間から、新聞配達のアルバイトを始めたんです。返さなくていいお給料をもらうんだ、って」

大将「そりゃよかった。私も、いろいろ無茶したかいがありましたよ。でもお母さん、よく、あんなうそっぱちの経歴を並べましたね」

母「息子に就職してもらいたい思いがあふれて、つい」

大将「ついじゃ済まされないですよ。ずいぶん派手にうそをついたね」

母「ええ、息子じゃなくて私が修飾（しゅうしょく）しちゃいました」

大将「いいんですよ、私はだいたい許せますから」

母「許していただけるんですか」

大将「ええ、元がうどん屋、今ピザ屋。『てうち』にするのは、得意ですから」

グランドフィナーレ

業者から黒い布を買った。長さ数十メートルの垂れ幕用の布。アホみたいに重い一巻をトランクに放り込み、ヒーヒー言いながら部屋まで抱えあげた。

　鉛筆で丁寧に下書きをした。大切な名前をひとつひとつ。両親、兄弟、友達、歴代の彼氏。上司に恩師に、他にもお世話になった人たち。映画監督に脚本家、作家、ミュージシャン。好きなものをひとつひとつ。服、靴、音楽、食べ物、場所。

　そんな作業を二十日も続けたら、布はいっぱいになった。

　ホームセンターで白ペンキと筆を買ってきて清書した。雨で滲まないよう油性を買ったから、ワンルームに塗料の匂いが充満した。書いては乾かし書いては乾かし、一か月かけて完成させた。

　吊下げ用の金具の向きを何度も確認して、文字列と逆さまに付けた。おもり代わりにダンベルを括って、やっと完成した。

　会社を無断欠勤して、マンションの屋上に忍び込んだ。フェンスに金具を固定して、布を落とした。

　くるくるくるくるくるくる。

　私の努力の成果が見事に宙に広がる。眼下の公園にいた親子連れやホームレスが振り返るのが見えた。風はない。しばらく翻ることはないだろう。

　私はうなずいた。

　手すりを乗り越えて、体を空へ投げ出す。

　目の前を凄まじい速さで白い文字列が流れていく。

　私の人生をつくってくれた、全てが流れていく。

　一度でいいから映画を撮りたかったな。こんなエンドロールの流れる映画を。

トレーサビリティ

A「某ポイントカード、あるだろ」
B「某が広いな」
A「最近さあ、どこでもポイント貯まるだろ、コンビニから不動産屋まで」
B「うん、便利だよな」
A「あれ、何でか知ってるか？」
B「お得感アピールの客寄せじゃないの」

A「違うんだ、相関関係探しだよ。カードの利用状況というビッグデータから、統計的に消費動向を導き出すんだってさ」

B「急に何だお前」

A「サザエさんの視聴率がいいと株価が下がるとか、スカートの丈と景気が連動しているとか……妙な関係があるって言うだろ？　そういうこと。ポイントカードを追跡することで誰が何を買ったかまとめて、マーケティングに活かそうってことらしい」

B「ふーん、ま、いいんじゃないの。なんか景気よくて」

A「ところが最近、そのデータが怪しいとこに流れてる」

B「何だよ、天井なんかを指さして」

A「神だよ神、お導きさ。つまり新興宗教」

B「うそ言え、そんなのありえねえだろう。だいたい何に使うんだよ」

A「勧誘さ。自分たちの教えにケロッとハマるヤツをデータから割り出して、効率よく信徒を増やすんだ。家族愛に弱いとか、仲間意識が強いとか、自己愛がまるでないとか、孤独を感じているとかな、そういうやつらを器用に集めていく」

B「効率よく、ねえ。キリストが聞いたら嘆くだろうな」

A「まあ、時代だよ時代」

B「つうか何、さっきからやたらと宗教事情に詳しいけど、何で？」

A「それはその、まあ当事者だからさ」

B「は？ お前、勧誘する側の人間なの？」

A「いや、違う違う、された側、勧誘されたんだ、最近」

B「えっ、てことはつまり、お前もう何かの信者なの？」

A「聞く内容が全部、俺にピッタリ合ってるように感じてさ」

B「おもいっきりデータ解析されてるじゃねえか」

A「試しに礼拝にも行ってきたんだ」

B「えっ、もう信者なの。お前、ステルスで俺を勧誘しに来たんだろ！」

A「それがさあ、もうやめたよ。アホらしくてさ」

B「何で？」

A「結構乗り気で、ああ、この教えにならお布施を払ってもいいなって思えたんだわ。だけどいざ納めようってところでダメだった」

B「お布施を？　納めるところで？」

A「見てみ、これ」

保意嘉通教(ぽいかつ)におけるお布施の納め方

1 各種ポイント払いOK!

2 0の付く日はお布施2割引き!

3 抽選で「お恵み(キャッシュバック)」!

A「ありがたみも何もないだろ」

B「確かに」

彼女の墓苑

母は、静かな人だった。ただ静かに俯いていた人だった。どうしてそこまで、最期まで、穏やかでいられたのか。

母は、やわらかく微笑んで語ってくれた。
いつも通りの穏やかな顔だった。

暮らしの「暮」と、お墓の「墓」って、よく似ているでしょう。
お日様があれば「暮」らし。土に潜ったら、お「墓」。
違いがないって気付いてから、私、頭の中に墓苑を作ったの。

嫌な、嫌な人に出会ったらね。
じっと目を瞑って、その顔を思い浮かべるの。

頭の中で、ひっぱたいたりなんかしないわ。悲しくなるだけでしょう。時間の流れをね、想像するの。嫌な人が、大きくなって、だんだん、だんだん、歳をとって。髪が白くなって、腰が曲がって、しわくちゃになって。安らかに目を閉じて、黒い枠の中で笑って、灰になるところまで。

人生を早回しで見送ったら、私の墓苑にね、お墓を立ててあげるのよ。お花を供えて、お線香立てて、手を合わせて、じっと祈って。きちんとお別れを済ませるまで、目を開けちゃいけないわ。

そうすると次の日からね、全部、お墓参りになるの。嫌な人に会いに行ってお話をするのは、儀式になるの。うるさい小言も嘲（あざけ）り声も、全部、生前の思い出になるの。

私は微笑んでいるだけでよくなるの。だってみんな土の下の仏様、私の墓苑の墓石なんだもの。

会う人みんなお墓にして、私の墓苑はずいぶん広くなった。

あとは私が還るだけなのよ。お墓ももう、作ってあるの。残念ね、あなたはお参りに来られないけれど。

何も怖くないわ。だって同じだもの。暮らしも、お墓も。

母は、静かな人だった。僕が暴言を吐いても、殴っても蹴っても、ただ静かに俯いていた人だった。

あれからずっと、答えのない問いを繰り返している。

母の中でいつから、僕は土の下だったのだろう。

HACCP（ハサップ）

「食品工場から人骨発見　複数の頭蓋骨など」

6日午後1時ごろ、〇〇県××市の食品工場「×××食品」で、立ち入り捜査中の捜査官が人骨を発見した。複数の頭蓋骨、肋骨、腕の骨とみられる部分が発見された。警察は事件と事故の両面で捜査を進めている。

「×××食品」は食品偽装問題の疑いで先日から立ち入り捜査を受けていた。警察は食品偽装問題と今回発見された人骨の関係について「未だ捜査中のためコメントは差し控える」としている。


すごい咳ですね、刑事さん。病院行かなくて大丈夫ですか？

……そんな暇ない、ですか。ははあ、社長の取り調べ、難航してるんでしょう。

そりゃあそうでしょうね、あの人は何にも知りませんよ。私たちに雇われただけの人ですから。考えてみりゃあ、いちばんかわいそうだ。

何か知っているのか、って、そりゃあ私たちは、全部知ってます。

おや、目がギラギラしてきましたね、刑事さん。

……分かりました。全部話しましょう。ええ、もう潮時ですからね。

発端はあれでしたね、食品偽装問題。世間様が厳しくなって、ウチの工場に査察が入って、そこでバレちゃった。時代も変わりましたね。田舎でこっそりやってる零細企業をひっかきまわして。知らなくていいこと知って大騒ぎして。何をやってるんですかね、みんな。

ウチの工場だって、ひっそりやっている分には誰も気が付かなかったんですよ。私たちはいつまでも働きつづけて、それでよかったのにねえ。でも会社ってことになると、組織の体裁を保たなきゃいけないでしょう。だから私たちはパートを装って、営業方と社長だけ入れ替えてました。社長は何も知りません。現場を見たこともないし、私たちが隠蔽してましたし。いやあ、時代です時代、何でもかんでも「透明化」。それにそれに……ああ、違う違う、話がそれちまいましたね、全部話すんでした、すみません。

刑事さん、人魚って知ってますか？　いや狂ったわけじゃありません。人魚です。マーメイド。ご存じですよね。

じゃあ、〝やおびくに〟って知ってます？　〝八百比丘尼〟。人魚の肉を食って、永遠の命を得た尼さんです。

何の話だ、って。あれ、まだつながりませんか？　だからね、私たちが流通させてたのは、人間じゃなくて人魚の肉なんですよ。

週刊誌は猟奇工場だとか騒いでますけどね、私たち一度も人は殺してません。工場の裏から出てきた人骨、あれ全部、上半身だけだったでしょ。歯形で調べても身元不明だったでしょ。当然ですよ。人魚なんですから。上半身は擦り潰して肉料理に、下半身は切り身かやっぱり擦り潰して、魚料理に混ぜました。そうまいもんじゃありませんが、量が多いんでね。加工食品には重宝するんです。

どうしてって、そりゃ、お客様の健康のためですよ。私たちが使ってるのは養殖の人魚だから、効き目はだいぶ落ちます。永遠の命なんてもんじゃない、それでも口にすりゃ1年かそこら、寿命が延びるんです。

人助けですよ。金と時間をかけた人助け。私らの罪を償うためのね。ええ、私たち人魚を食べたんですよ。天然ものを、八百比丘尼さんと一緒に。信じられません？　でしょうね。でも、じきに嫌でも信じますよ。

食品偽装なんてね、ありとあらゆるところで、日常的に行われてるんです。賞味期限が切れてたり、農薬がついてたり、そんなのまだかわいいもんですよ。つまりね、さんざん有害なもの食わされて、皆さんはどんどん弱っているんです。

だから私たちは、人魚の肉をこっそり流通させていたんです。有害な食品に削り取られた生命を、養殖人魚の霊力で補充するためにね。工場が閉鎖された今となっては、すべて無に帰した話ですがね。

謎の感染症、原因不明の心臓麻痺、最近はいろいろ流行ってるみたいですね。

平均寿命もどんどん下がっていくでしょう。

私たちが、食品偽装を、止めたから。

ねぇ、すごい咳ですね、刑事さん。人魚不足はじわじわ効いてきますから。
お体の具合は、大丈夫ですか？

エコロケーション

私に殺人罪は適用されません。私が殺した牧田課長は、人ではありませんから。もっと早く課長の正体に気付くべきでした。そうすれば私が心を壊すことも、先生のお世話になることもなかったでしょう。

考えてみれば、おかしな点は多々あったのです。

敏速すぎる反応……人の目を見ない話し方……備品の配置への異

常なこだわり……。

そして何より、あの咳払いです。一年を通して鳴りやまない、あの耳障りな咳払い。

真正面の席にいた私は集中力を乱され、まともに仕事ができませんでした。いつの間にか職場では阻害されていました

「使えない女」だって。そう、牧田課長に叱責されたんです。全ての元凶である、あの課長に。気が狂いそうでした。いや実際、狂ったことにされました。職場に行けなくなって、様々な病院を回り、幾多の治療を受けました。

私に天啓が訪れたのはイルカセラピーの会場でした。

あんな海獣（かいじゅう）に癒されたわけではありません。講習中に聞いたイル

カの生理機能のことです。それは「反響定位」という言葉でした。

イルカは頭に超音波を放つ器官を備えているそうです。自らが出す音をソナーとして利用して、障害物の位置を割り出し、仲間との距離を測るのです。


「自らが出す音を、ソナーとして利用する」


この一文が私に全てを教えてくれました。

牧田課長は、延々と咳をして、その音を反響させ、物体を捕捉していたんです。そんな機能は人間にはありません。つまり課長は、人間ではなかったんです。

どんな理由にせよ人間のフリをしているなんて、ロクな存在ではありません。課長の正体を知っているのは私だけでした。

　私が倒さなければならなかった。私は急いで職場に復帰しました。治ったフリは簡単でした。先生の前で失礼ですかね。

　そして人知れず、課長に攻撃を仕掛けたんです。毎日配るお茶に、少しずつ漢方薬を混ぜていったんですよ。強力な咳止め効果のあるやつをね。

　効果はてきめんでした。課長は徐々に落ち着きを失くし、ミスが目立つようになりました。咳払いができなくなったからです。

　挙句の果てが、3日前のあの転落事故です。課長は窓から身を投げたのではありません。

　私が開けた窓の位置が、わからなくなったんです。

私の告白は以上です。ねえ先生、私を逮捕できますか？　主治医だった先生なら、私がまったく正常であることもご存じでしょう。どうして目を合わせてくれないんですか。どこに電話をかけているんですか。

危険？　私がですか？　機能不全？　何の機能がですか？

ねえ先生、ボールペンをカチカチ言わせるのをやめてください。ずっと耳障りですよさっきから。

特定の、音を、一定期間で、ずっと、こっちを見ないで、ずっと。

まさか、先生も？

ひょっとして、全人類が、いつの間にか、反響定位を使って？

「使えない女」？　それって、まさかそういう……？

笛吹きの告白

僕は人を誘拐したことがある。
何度も。

いちばん古い思い出は、幼い僕の泣き声から始まる。同い年くらいの少年が、僕の肩を叩きながらうろたえている。

僕の母がやってきて、少年に謝っている。

「どうしたの、急に泣き出して」

母が僕に優しく声をかける。

二人の声を聞いて、僕はますます激しく泣く。悲しいのではない。恐ろしいのだ。

少年はもう一週間以上、僕の家にいる。学校にも行っていない。

なのに誰も騒がない。先生も、クラスメイトも、彼に食事を出しつづける僕の母も。

そして何よりもおかしなことに、少年本人が、この状況を受け入れていた。僕は泣きながら彼を家から追い出した。

そしてやっと、彼は帰っていった。

今では名前すら忘れてしまった彼を、僕はそのころ、親友だと思っていた。だから言ったのだ。夕暮れを見て帰ろうとする彼に「もっと一緒に遊ぼうよ」と。

そして彼は、帰らなくなった。

いや、正しくは。そのひと言

を機に、帰れなくなった。

今なら分かる、あの時、僕は彼を誘拐したのだということを。そして僕の誘拐に、僕以外の誰も、少しも気付かないということも。僕以外の誰も……そう、誘拐された当の本人さえも。

うそみたいだろう、僕だってそう思った。だから僕は、何度も何度も試してみたんだ。そして確信を得た。

僕が自分の意志で他人を連れ去るとき、その行為は何者にも邪魔されない。本人にすら、誘拐されたことを認識させない。「もっと一緒に遊ぼうよ」と、そう言うだけでいい。下校中の小学生、立ち飲み屋で隣合わせたサラリーマン、碁会所の老人。年齢、性別、職業に関わらず、僕は連れ去ることができた。

狭いワンルームで、彼らは不平を言うこともなく、僕とただ暮らした。僕が帰るように水を向けると、魔法が解けたかのように応じて、ただ出ていった。

悪くない能力だと思った。だから僕は静かに、気に入った他人を次々と攫っては放し、それを繰り返して暮らしつづけた。

……これが僕の告白だ。あなたにだけは知ってもらいたかったことだ。僕たちの子供が生まれる前に、どうしても打ち明けたかったことだ。

君が笑うたびに、幸せだというたびに、僕は自分を責めているんだ。いつまでも君に、そばにいてほしかった。だから、僕は、君を、誘拐して。

「何を言っているか、さっぱり分からない」

……そうだろうね、それが僕への、罰なんだよ。

昔昔物語（じゃくじゃくものがたり）

「こうして桃太郎は、おじいさんおばあさんと、いつまでも幸せに暮らしましたとさ」

めでたしめでたし。はい、おしまい。昔話「桃太郎」でした。

おもしろかった？

……いくつか、分からないところがあった？　どこどこ？

桃太郎が持って帰ったもの？　金銀財宝だよ。金と銀は分かるよね。ぴかぴかの金属。

ん？「金と銀を持って帰って、どうして幸せになるか分からない？」

……ああ、そっか。そういうことか。

昔はね、金とか銀ってのはすごく貴重で、価値のあるものだったんだ。だから、工業部品としての用途以外に、小判とか銀貨に使っていたんだよ。

あ、そこも説明がいるか。「小判」っていうのは昔のお金のこと。昔はお金って、ものだったんだ。今みたいな電子データじゃなくて。

あ、「荷車」ってのは、箱に車輪がついたもの。ええと、「車輪」っていうのは、軸を中心として回転する仕組みの二つの輪。ホバーシステムがないころの重要な運搬機構だったんだ。

うーん、説明すること多いなあ。とにかく「荷車いっぱいのお金」ってのは、すごく価値があったの。桃太郎は鬼ヶ島から、価値のあるものを持って帰ってきたってこと。

あー、「鬼ヶ島」ね。当然そこ引っかかるよね。「鬼」っていうのは、えーと、化け物。モンスター。そうそうそう。この前、外宇宙から攻めてきたクリーチャーみたいな感じ。ああいう凶悪な侵略者が、うじゃうじゃいたのが鬼ヶ島ってわけ。で、「島」っていうのは、周囲を海に囲まれた陸地。あと、「船」っていうのは、水に浮かべて物や人を運ぶ乗り物。昔は何せ、ホバーシステムがなかったから、島には、船で行くしかなかったんだって。

だから「桃太郎一行が船に」、え、そこも分からない？

弱ったなあ。「キジ」はともかく、「サル」と「イヌ」くらい知っててもいいんじゃないの。確かにどれも絶滅してるけどさあ。「キジ」ってのはトリの一種。「トリ」ってのは翼を持ち空を飛ぶ生物。「サル」は霊長類ね、二足歩行を行い樹上で生活する生物の一種。で、「イヌ」っていうのは、四足歩行で嗅覚に優れ、飼い主に従順な生物だったんだって。

「イヌ」がずいぶんとコィラットに似てる、って？　違う違う。コィラットってのは、もともと「イヌ」をモデルに作られた機械生命なの。お話の中で、コィラットが燃料を摂取するみたいに、「イヌ」がきびだんごを食べるでしょ。あ、「キビ」ってのはかつて収穫されていた穀物ね。大昔には、自然に繁殖していた植物が栄養源として摂取されていた。今みたいに食糧工場がなかったから……あれ？　ちょっと待って？

ねえ、そもそも、「桃」、って何か分かってる？　やっぱり！「桃」っていうのは、かつて収穫されていた、果物。食べ物から子供が出てきたから、おじいさんやおばあさんはびっくりしたんだよ。

別にさあ、怒りゃしないんだから、分からないとこはどんどん聞いてね。

はいはい、「洗濯」っていうのは、水や洗剤で衣類を洗うこと。信じられないだろうけど、昔の服には自動洗浄機能がなかったんだよ。

ああ、「柴刈り」っていうのは燃料補給活動。とにかく貧弱なエネルギー源だから、毎日補充する必要があったってこと。

……あーそっか、じゃあこの説明も一応しとくか。

「おじいさん」っていうのは、老化した人間のオス。

「おばあさん」っていうのは、老化した人間のメス。

で、「人間」っていうのは、もう絶滅した、二足歩行をする霊長類の一種。

それってつまりさっきの桃太郎の仲間ですかって?
……それは「サ・ル」だってば!

リフレ

はいはい、それじゃあ施術始めますねえ。お客さん、だいぶ凝ってますね。ウチに来る前にも何店舗か行ってるでしょ。ははは、分かるよ。そういう仕事だから。まずは肩からほぐしていきますね。

ところでお客さん、お客さんさあ。巷でよく聞く「遺伝子組み換え」って、どう思う？

そうだよね、何か、嫌だよね。大豆とかトウモロコシとかね。まあそのくらいしか出てこないよね。唐突に聞いてごめんね。マッサージ店を巡るくらいだもんね。健康には気を遣ってるよね。

でもねえお客さん、知らないだろうけどさ。ウチ、組み換えられるんですよ。お客さんの遺伝子。

そりゃ笑うよね。ウチら別に学者じゃないし、ここは実験室じゃないし。

でもね、それうそなの。いやだから、「遺伝子を組み換えるための御大層な実験室」、そのイメージがそもそもうそなの。一定の振動と高音と、ある種の薬物で簡単にできるのよ。組み換え。漠然としすぎ？　まあ、そりゃそうよ、これ以上は営業上のヒミツだもの。

まだ疑ってる？　そもそも信じる気がないか。じゃ、冗談だと思って聞いてよ。なんでウチがそんなことできるか。じつはウチも、遺伝子組み換えで生まれてきたんだ。いわゆるクローンよクローン。苦労人じゃないよ！　オヤジギャグ無理すぎ〜。

自分のボケで笑いすぎ。まあいいや、つーわけでウチ、遺伝子組み換え用の遺伝子組み換えマッサージ師なの。お客さんウチの系列初めてだから知らないでしょ。この手のお店入ってみ？　今はたぶん3割くらいかな、店員さん、ウチとほとんど同じ顔だよ。

何のためってそりゃお客さんのためだよ。疲れにくくて柔軟で、リラックスできる体質に、遺伝子レベルで変えるの。ん、もうからないんじゃないかって？　あはは、鋭いね。

大丈夫大丈夫。お客さんからたくさんお金貰ってるから。ぼったくり？　違う違う、お客さんってのはあなたじゃなくて、せーふ。お店に来る人の遺伝子組み換えるたびに、政府からお金もらえるの。

毎月初めにリストが送られてきて、何かいっぱい注文があるんだよ、遺伝子組み換えの。炎や大きな音に怯えないようにするとか、狭い空間でも全然我慢できるようにするとか。白と赤の組み合わせを見ると忠誠心が湧くとかね。ニッチ過ぎない？　何のための実験なんだろうね。まあそれは、ウチらも含めてか。あはは。

ちなみにお客さん、あなたの遺伝子もだいぶ前に組み換え済みだからね。言い忘れてたけどこの施術の共通点は、肩を強く揉まれると急速に眠くなって、遺伝子組み換えに関する記憶を全部忘れちゃうようにするってこと。はい、ちゃっちゃと改造するから、ぐっすり寝ててねえ。次に起きたらあら不思議、なぜかすっごく、体を鍛えたくなってるよ。

じゃ、施術、進めますね。

惚（ほ）れ薬（ぐすり）

――居間にて

娘　「はーあ」

番頭「どうなさいましたお嬢様。ここのところお具合でも悪いんですか」

娘　「そうじゃないのよ。はーあ」

番頭「じゃ何かお悩みでもあるんですか」

娘「そうなのよ。はーあ」

番頭「なんですかバカみたいに！　溜息ばっかりついて！　普段はバカみたいにお元気なのに。それじゃバカみたいですよ。ねえバカ。アッ間違えた」

娘「あんた私が嫌いなの？」

番頭「何をお悩みなんですか」

娘「……ねえ、どうして私、モテないのかしら」

番頭「はい？」

娘「だから、何でモテないのかしら」

番頭「何だ、そんなことですかお嬢様。それでしたら簡単ですよ」

娘「簡単なの？」

番頭「今すぐ体を鍛えてください。米俵でも何でも、持てるようになりますよ」

娘「腕力が欲しいわけじゃないのよ。魅力が欲しいの」

番頭「〝みりょく〟と申しますと？」

娘「異性を引き付ける力よ。ねえ何で私には男の人が寄りつかないのかしら。私、そこそこ美人だし、家はお金持ちだし、教養もあるし。その辺の女よりずっと優れていると思うの。なのに、どこがダメなのかしら？」

番頭「そういうところじゃないですか？　しかし急にどうしたんです。ひょっとして、気になる殿方でもできたんですか」

娘「ちょっと、もう、やだー！」

番頭「お嬢様、気持ちが悪いです」

娘「どうしたらあの人の気を引けるかしら。ねえ、何か方法はない？」

番頭「うーん、惚れ薬しかないでしょうね」

娘「惚れ薬？」

番頭「私も噂で聞いたんですがね。町のはずれに薬師が越してきたそうです。海の向こうの知識まで駆使して、効き目抜群の惚れ薬を作ってくれるそうですよ」

娘「ちょっとごめん、ねえ、さっきあなた、なんて言ったの」
番頭「あ、ですから町のはずれにね」
娘「そうじゃないの、私がどうやったらモテると思う？って聞いたらなんて答えた？　惚れ薬しかないでしょうね、って言ったでしょう！　しか、って何よ？　私が恋愛するには薬物に頼るしかないと、そう言いたいわけ？」
番頭「えっ、えーとその、お嬢様、私はそういうことを申したかっただけです」
娘「申したかったの!?　きーっ悔しい！　何が惚れ薬よ！　そんなの使わないからね！」

——薬屋の軒先にて

娘「まったく失礼しちゃうわ。よりにもよって惚れ薬なんて、私を何だと思ってるのよ……さてと、ここが薬師の家か。結局来ちゃったわ。まあいいや、金出して薬に頼ろう。あのう、すみません」

薬屋「はい」

娘「わっ、何、この妙な匂い」

薬屋「これはこれは、見慣れないお顔ですが、どちらさまですかな」

娘「あの私、こちらで惚れ薬を作っていただけると聞いて」

薬屋「左様ですか。先に断っておきますが、私の作る惚れ薬、舶来の品を使っている故、かなり値が張ります。それでもよろしいか」

娘「構いません。お金に糸目はつけないわ。私お金持ちなのよ」

薬屋「なるほど、モテないでしょうな」

娘「あ？」

薬屋「切羽詰まっておられるようだ。どうぞお入りください」

――薬屋の地下室にて

娘「匂いが一層強くなったわね、たくさん粉が置いてあるけど、合法？」

薬屋「これらは惚れ薬の元となる粉末です。数多の薬を配合することで惚れ薬の基礎を作るのです」

娘「ふうん、いったい何て名前なの」

薬屋「こちらの粉は、強烈な刺激で相手の心を動かします。亡骸すら無い真っ新な大地、と書いて『骸無真新（がらむまっさら）』と言います」

娘「がらむまっさら。効きそう！」

薬屋「こちらの粉末は、鮮やかな色合いで相手の目を覚まさせます。苦しい眠りを強いられた怒り、と書いて『苦眠強怒（くみんしいど）』です」

娘「くみんしいど。効きそう！」

薬屋「そしてこちらは、相手の味覚を揺さぶり、記憶を操作する粉末です。懐かしさを滅ぼす愚か者、と書いて『懐滅愚（なつめっぐ）』です」

娘「なつめっぐ。効きそう！」

薬屋「がらむまっさら、くみんしいど、なつめっぐ。その他多くの粉末を調合し、惚れ薬を作るのです」

娘「たくさんの粉を混ぜて、これで完成なの？」

薬屋「まだまだ。ここに大地の霊力、生命力を取り入れるのです」

娘「いったい何を入れるの？」

薬屋「お野菜です」

娘「お野菜？」

薬屋「ニンジン、玉ねぎ、ジャガイモです。ジャガイモは丁寧に洗い、土を落とします。お嬢さん、あなたは血と泥にまみれる覚悟がおありか」

娘「そのくらいできるわよ」

薬屋「これは玉ねぎです。長崎から取り寄せました。お嬢さん、あなたはこの野菜を前に、汗と涙を流すことになるでしょう」

娘「バカにしないでよ。たかが野菜でしょ。切ったところで涙なんか流さないわ」

薬屋「ふふ、この人は何も知らない。この時代はまだ玉ねぎが食用じゃないから」

娘「誰と何をしゃべってるの？　これで完成？」

薬屋「野菜を入れたのちに、さらなる生命力を得るため、これを入れます」

娘「きゃっ！　何なのこれ」

薬屋「牛の肉です」

娘「牛の肉、牛の肉を食べるの？　信じられない！」

薬屋「この肉こそが決め手なのです。惚れ薬に、高級感が出ます」

娘「惚れ薬に高級感って必要？　だいたい牛の肉なんて、どこで手に入ればいいのよ」

薬屋「手に入らなければ鶏の肉でもよろしい。それはそれでおいしく仕上がります」

娘「惚れ薬においしさって必要？」

薬屋「これら素材に火を通し、先ほど調合した粉末と水を加え、長時間煮詰めます」

娘「煮詰めるの。薬らしくなってきたわね、これで出来上がり？」

薬屋「いえいえ、ここからが肝心なのです。これを加えます」

娘「何これ、赤くて丸い。果物？」

薬屋「この果実こそ、私が長年の研究の末探り当てた秘伝の材料です。海の向こうでは『禁断の果実』と呼ばれ、恐れられているものです」

娘「禁断の果実。いったい何という名前なの」

薬屋「『阿呆』と書いて「あぽう」と言います」

娘「あぽう。何て恐ろしい名前なのかしら！」

薬屋「これをすり下ろして加えることで、秘伝の惚れ薬の完成です」

娘「すごい！　早速作らなきゃ、ねえどうやって飲ませればいいの？」

薬屋「食事の時間にナンと一緒に出せばよろしい」

娘「ナンと出せばいいのね。ありがとう、材料をひとそろい売ってちょうだい！」

――客間にて

娘「こ、こんにちは若旦那」

若旦那「こんにちは。今日はどのようなご用ですか？」

娘「用というほどじゃないんですけど、ほほほ。あの、お腹すいてませんか」

若旦那「そういえば、もう昼過ぎですね。お食事？　そんな滅相もない。ああ、ぜひともと、そうですか。では軽く、お茶漬け程度で結構ですので」

娘「かしこまりました。ほほほ。しばらくお待ちください」

――台所にて

娘「よし、あとはこの惚れ薬を、ナンと一緒に出すだけね……〝ナン〟って何よ！　どうしよう。ナンのこと完全に聞き忘れてた。どうやって惚れ薬を飲ませればいいの？　ええい、もう、一か八かよ！　丼にご飯を入れて、惚れ薬をかけて、これでよし！」

――客間にて

娘「お待たせしました、どうぞ」

若旦那「あのう、これはいったいどういった料理でしょうか」

娘「えっとあの、お茶漬けです。茶色いでしょう」

若旦那「お茶漬けですか。だいぶ刺激的な匂いですけど。いろいろと具が入っているし。ですがこの匂い、妙に食欲をそそる……

不思議な味わいですね、でも、おいしい。うん。おいしい！
でも箸だと食べにくいなあ。匙をください、うん、おいしい
おいしい」

――居間にて

番頭「やりましたねお嬢様！　あの惚れ薬、効き目抜群じゃないですか」
娘「うーん、そうねえ」
番頭「そうですよ。若旦那もすっかりお嬢さんにゾッコンですよ。それだけじゃない、ご両親も大喜びですよ。お嬢様が台所に立って、料理を作ってるってね」
娘「料理じゃなくて、惚れ薬なんだけど」
番頭「とにかく何から何までうまくいってるじゃないですか。なの

にどうして、浮かない顔をしてるんです？」

娘　「違うのよ、教えてもらった通りじゃないのよ。惚れ薬の摂らせ方、あれでいいのかしら」

番頭　「ええ？　若旦那は相当おいしそうに召し上がってますよ。出し方にどこか、難(なん)があったんですか？」

娘　「ナンがないから、ご飯にかけたの」

生まれてくれてありがとう！

目の前が真っ赤だった。

高級感のある匂い。包装紙だ。

枕元に積んであったプレゼントが崩れてきていた。妙に暑苦しいので上体を起こすと、掛け布団の上にプレゼントが堆積していた。

手で払いのける。軽い。ネクタイとか珈琲とか、その類のものだろう。ベッドから降り、床一面に散らばるプレゼントを足でよけていく。

珪藻土バスマットの包みが見え、それだけは、少し嬉しかった。


今日は7月16日。僕の誕生日だ。

悪戦苦闘の末、着替えを済ませ、家を出る。アパートの前にはズラリと花輪が並んでいた。

差出人はまちまちだが全てに「祝！　ご生誕」と書かれている。僕は逃げるように会社に向かった。これ以上、祝われてはたまらない。

年々、誕生日のお祝いが、豪華になっていく。

原因は母方の血筋らしい。僕の前は母が、母の前は祖父が、この恩恵に与ってきたという。

他の乗客から渡された大量の花束を手に、電車から降りる。駅構内のコンコースでは、僕の半生を振り返る企画展が開催されていた。去年のトピックスは「引っ越し」と「沖縄旅行」。ありふれたサラリーマンの些末な変化を、ことさら厳格に記録している。パネルを作らされた人のことを考えると、朝から暗い気持ちになった。

子供のころは嬉しかった。年を取るのが楽しみだった。年々豪華になっていく誕生日を、みんなが一緒に祝ってくれた。

だが、時が経ち、大人になると、次第に苦痛が増してきた。

僕は平凡な会社員で、ここまで盛大に祝われるべき人間ではないのだ。それでも誕生祝いは膨張しつづけ、今や生誕祭の様相を呈している。

駅から会社まで続く歩道に、赤絨毯が敷かれていた。総務部の仕業だ。仕方なく、レッドカーペットの上を歩いていく。自動ドアをくぐった途端、大量の紙吹雪と、万雷の拍手が、僕を包み込んだ。新入社員一同によるフラッシュモブを見せられたあと、オフィスへ向かう。

まともな仕事はできなかった。廊下ですれ違う人間がことごとく祝辞を述べてきた。ロッカーも引き出しもプレゼントが詰め込まれ文房具が取り出せない。大量の祝電と電話とバースデーメールが、部署全体の業務を圧迫している。

にもかかわらず、誰も文句を言ってこない。困ったように微笑むだけだ。

今日の予定は、まず、午前中に12件の打ち合わせ。昼に生誕パレードを挟み、午後に29件の商談が入っている。すべて成功するだろう。何せ僕は今日、誕生日なのだ。取引先は僕を喜ばせるため、笑顔で契約書にサインをするはずだ。僕は今日この一日のために、会社に雇われているといっても過言ではない。

メインイベント、夜のパーティー会場へ、社用のリムジンで移動する。表通りには出店が立ち並び、家族連れやカップルの姿があった。おそらく、これが何のイベントか、知らない人も大勢いるはずだ。

豪奢なホテルの一室に通され、紳士淑女の拍手を浴びながら檀上へ上がる。今年のケーキは六段重ね。去年より一段増えている。フルオーケストラによるハッピーバースデーの中、ろうそくを吹き消す。盛大な拍手。感動的なBGM。窓の向こうでは花火が上がっていた。

いったい誰が企画しているのか。どこから予算が出ているのか。どうして僕の誕生日をここまでして祝ってくれるのか。

誰も教えてくれない。聞いても答えてくれない。

分かっているのは、僕が生きている限り、パーティーは盛大になりつづける、ということだ。

全てが終わり、僕はひとり、部屋でプレゼントを整理している。夜12時を回った瞬間、ろうそくのように静かになった。ぐったりと疲れていたが、とても眠れそうになかった。

パーティー会場からトイレに立ったとき、偶然、見てしまった。

ホテルの支配人が渋い顔で、電話をかけていた。

「いつまで続くんですか？　こちらとしても、これ以上の持ち出しは困ります
……」

僕は物陰に隠れ、聞き耳を立てた。支配人はいくつか愚痴を並べたあと、大仰に溜息をついて、言った。

「かしこまりました。あと3年で終了ですね。お願いいたしますよ」

支配人はつかつかと立ち去っていったが、僕は一歩も動けなかった。

僕が生きている限り、パーティーは続く。それが、終わる、ということは。

助かる方法はある。子供を作ればいい。そうすれば、この祝祭は子供に引き継がれる。

今いちばん欲しいプレゼントは、家庭だ。

でも、それが叶わない。

苦労して彼女をつくっても、誕生日が終わればみんな去っていく。
「あなた、急に魅力がなくなったわ」と吐き捨てて。
人の身勝手を恨み、それでも誕生日にすがり、自分の努力を怠っているうちに、
あと3年。

珪藻土バスマットに落ちた冷や汗は、あっという間に吸い込まれていった。

デリペト

野木様

この度は単身者向け無料モニターにご応募いただき、誠にありがとうございます。弊社は各ご家庭にペットを派遣するサービスを展開しております。われわれがお送りするのは、かわいらしく魅力あふれる様々な動物たち。きっと、あなたの生活を、豊かなものにしてくれることでしょう。

アンケートにご回答いただいたお客様へ、無料体験キャンペーンを行います。今回お送りさせていただくのは「クマリサル」です。アフリカ奥地に生息するサルの一種で、大きな目と長いしっぽが特徴です。愛嬌たっぷりの仕草はあなたの心を癒してくれること間違いなし。人懐っこさと飼育のしやすさは、弊社のイチ押し。弊社の納入実績、現在の飼育数、ともに最も多いペットです。

ぜひ、ご愛顧のほど、よろしくお願いいたします。

野木様

先日は種々のご対応をいただき、誠に申し訳ございませんでした。お送りしたクマリサルに対して、下記、貴重なご意見を賜りました。

「一度に5匹送られても困る」

「いきなり大家族になったようで落ち着かない」

個体数に関しては弊社の説明不足でした。申し訳ございません。

モニター結果に反映させていただきます。

さて、今回お送りさせていただくペットは「アネモネオウム」です。東南アジアのジャングルに生息する、紫色の艶やかな羽を持つオウムです。頭がよく、うまく言葉を覚えさせれば、会話を楽しむことも可能。ひとり暮らしの方でも、にぎやかな生活を楽しめること間違いなしです。

ぜひ、ご愛顧のほど、よろしくお願いいたします。

野木様

再びお手数をおかけしてしまい、誠に申し訳ございませんでした。お送りしたアネモネオウムに対して、下記、貴重なご意見を賜りました。

「あんな卑猥な言葉を喚き散らすとは思わなかった」

「にぎやかなのと騒々しいのは違う」

確認したところ、お送りした個体が発情期に入っていたことが判明いたしました。弊社の確認不足でした。モニター結果に反映させていただきます。

さて、今回お送りさせていただくペットは「フィロソフィーターートル」です。地中海の小さな島に生息するカメの一種で、絶滅危惧種に指定されるほど貴重な生物。弊社が独自の技術で繁殖させることに成功いたしました。その風格には名前の通り、思索にふける哲学者のような重厚さが漂っております。食事も排泄もほとんどせず、長期出張の多い単身者にうってつけ。もちろん、鳴き声は一切あげません。

ぜひ、ご愛顧のほど、よろしくお願いいたします。

野木様

重ね重ねお手数をおかけしてしまい、誠に申し訳ございません。お送りしたフィロソフィータートルに対して、下記、貴重なご意見を賜りました。

「飼っていても飼っていないのと同じ。ほぼ岩。邪魔なだけ」
「自分の日常に哲学者はいらないと悟った」

ペットを飼うことの目的意識について、弊社側の配慮が不足しておりました。モニター結果に反映させていただきます。

また、別途ご質問をいただき、ありがとうございます。
下記にて回答させていただきます。

ご質問：
「こんなわけの分からない動物たちを、どうやって殖やしたのか」

弊社より回答：
弊社は長年、多くの生物の生態を研究してまいりました。たゆまぬ企業努力の結果、弊社がついに完成させたのが万能繁殖薬「フェルン」です。この薬剤はあらゆる生物に作用し、繁殖を促進させる効果があります。
他の個体への絶望的な無関心が原因で、フィロソフィータートルは絶滅しかけておりましたが、フェルンの定期投与により、弊社は見事、この亀を繁殖させることに成功したのです。

ただし、効果が非常に強い薬剤ですので、扱いには十分な注意が必要です。以前お送りしたアネモネオウムも、繁殖活動促進のためにフェルンを服用しておりました。その結果、本来は聡明で美しいオウムが、発情期に入り痴態を晒してしまったようです。その折は、大変申し訳ございませんでした。

弊社でのクマリサルの飼育数が極めて多いのも、フェルンを投与した結果によるものです。フェルンの発情効果が最も強く現れるのは、霊長類のメスだと判明しております。

誤って人間がフェルンを摂取するような事態が発生しないよう、より一層、管理体制の強化に努めてまいります。

この度は無料モニターにご協力いただき、誠にありがとうございますました。

野木様
先日はフェルンのご注文をいただき、ありがとうございました。

ご回答いただいたアンケートの内容についても、今後の事業活動に反映させていただきます。

また、先日、ご入籍されたとのこと、誠におめでとうございます。

さて、今回はご夫婦向け無料モニターのご案内をさせていただきたく——

解散伝説（かいさんでんせつ）

大塚と言います。はじめまして。ああ、事情は興信所の方から伺ってます。

確かに俺は、三上さんの知り合いでしたけど。話せることはあんまりありませんよ。多分あの人、昔の話とか一切しなかったんじゃないですか。えっ？　ああ、そうでしょうね。ご存じなかったでしょう。

三上さんがお笑い芸人だったこと。

はたから見ても三上さんはパッとしない芸人でした。芸歴が長いから何でもそつなくこなしてましたけど。

いよいよ売れる可能性がないとみて、三上さんが最後にすがったのがプロフィールでした。特筆すべき経歴があれば、誰かに見てもらえるかも、と思ったんでしょうね。

とはいえ三上さんにはとにかく特徴がなかった。普通免許以上の特記事項もありませんでした。だから三上さんは、「どんなコンビ」でも「簡単にできること」を「山ほど」やろう、という博打に出ました。

つまり、「解散」です。

三上さんの手口はこんな感じでした。まず、手当たり次第に知り合いに声をかけます。コンビを組みます。そして初舞台を踏み、舞台を降りて、その場で宣言するんです。

「今日で俺たち、解散します！」

ってね。

相方をコロコロ変えて、十人目の相方と新たなコンビでライブにエントリーしたあたりから、ライブ主催者や常連のお客さんの間でひそひそと話題になって。

そして、二十人を超えたあたりでさすがにみんな気付いたんです。あ、これ「解散芸」だって。

「そんな方法で売れるわけない」って口々に忠告しました。俺も言いましたよ。でも、五十人を超えたころには、もう誰も何も言わなくなってました。

　そうそう、三上さんとコンビ組むのが、流行った時期もありました。

　かくいう俺も組みましたよ。三上さんに声かけられて、先輩だし無下にもできなくて。何の意味もないのに一応ネタ覚えて、初舞台の日に即解散。ご存じの通り、別に悪い人じゃないから。まあ慈善事業って気持ちが大きかったんだと思います。

　三上さん、解散した相手と日付を、きっちり全て記録していたんです。

　解散した人数が五百人を超えたあたりで、しかるべき機関に記録を提出したんです。かくして三上さんはついに「世界一コンビを解散した芸人」として認定されました。狙い通り、テレビの仕事もいくつか来たみたいですよ。

　でも、それだけでした。

　そりゃあそうでしょう。本来、解散というのはのっぴきならない理由があって、するものじゃないですか。相方との不仲、方向性の違い、もしくは望まれない引退だとか。

　そして、それは大小問わず、何かしらのドラマを伴うものじゃないですか。ただ解散したくて解散を繰り返した三上さんには、何のドラマもなかったんです。話を聞いても、大しておもしろくなかったみたいですよ。

　そもそも、腕がないから。

　で、とうとう、組んでくれる人が誰もいなくなった。

　手の内がバレちゃったら、それ以降、何の衝撃もない。

　次の一手、二の矢がなければ、もうお笑いシーンは見向きもしない。お笑いって甘くないんですよ。

　俺は三上さんと、引退直前までつるんでた方だと思います。たぶん芸人時代の三上さんと最後に飲んだのは俺じゃないかな。俺、三上さんに、これからどうするんですか、って聞いたんです。

　そしたら、あの人、言ったんですよ。

「そうだなあ、解散しにくくなるなあ」って。

　箸で出し巻き卵をどんどん細かくしながら。ひひひって笑ってたんですよ。

　俺、ゾッとして。

　ああこの人、「解散」そのものの中毒になってるんだ、って。

　それから間もなくひっそり引退しちゃって、消息も分かりませんでしたけど。

久々に名前を聞いたと思ったら、やっぱりろくでもない話でしたね。

挙式直前に一方的に破談されて、そこから行方不明なんですよね。

それ、あなたにとっては婚約破棄でしょうけど、三上さんにとっては「解散」なんですよ。

あの人は「コンビ」を「解散」するのが、心底たまらなく嬉しいんです。

三上さんと一緒になることは、きっともう、誰にもできないんですよ。

殺す時間を殺すための時間
3限目

違法薬物

ありがとう、ありがとう。
「違法薬物」のツアーファイナルに来てくれて、ほんとありがとう。
最後だから少しだけ、喋ってもいいかな。

俺らがこの「違法薬物」ってバンド組んで、11年が経ちます。11年前の俺らはほんと、ただのクズ野郎で、毎日毎日無駄な時間を過ごしてた。何かおもしれえことねえかな、って、いつもぼやいてるだけだった。

でもそんな俺たちを、「違法薬物」が変えてくれたんだ。

初めは興味本位だったよ。地元の先輩とかがやってんの見て、楽しそうだな、って。それで俺らもみんなで集まって、「違法薬物」始めた。最初はただ、すげえな、楽しいな、ってだけだったけどさ。

いつのまにか俺たちにとって「違法薬物」はかかせないものになってたんだ。

「違法薬物」を通じて、たくさんの人と出会ったよ。ライブハウスの物販でいろんな人が「違法薬物よかったです」「ヤバかったです」「ぶっ飛びました」って言ってくれるんだ。信じられねえだろ。「違法薬物」広まってるな、愛されてるな、ってほんと嬉しかったんだ。

正直「違法薬物」やめようと思ったことはあった。何度もあった。路上でやって警察沙汰になったこともあった。メシ食えなくてガリガリに痩せた時期もあった。

でもさ、そんなときに限って、みんなの声を思い出すんだ。「違法薬物やめないでずっと続けてください」ってさ。ほんと泣きそうになってさ。

そうだよなあ！　ギターのタケ、こいつこんな奴じゃなかったんだぜ。おとなしいやつでさ。それが「違法薬物」始めてから、すっかりおかしくなっちまった！

今日はほんとにありがとう、みんなが「違法薬物」を愛してくれる限り、俺ら「違法薬物」絶対にやめません。やりつづけます。ぶっ飛びつづけます。もっといろんな人に「違法薬物」を知ってもらうように頑張るから！

お前がだめ人間だとしても、「違法薬物」は見捨てない！

「違法薬物」はずっと、君のそばにいるから！

最後の一曲聴いてください！『ダメじゃないよ、絶対！』

ヤなことそっと25

拝啓　大切な人へ

一生遊べるゲームを、君に教えよう。不審なメッセージを破り捨てず、目を通してくれる君だけに。お金をかけず、ひとりでできて、人生を楽しみ尽くせるゲームを教えよう。

まずは紙とペンを用意してもらえるかな。パソコンが得意なら、表計算ソフトでもいい。

そこに「君のイヤなこと、辛いこと、気が滅入ること」を75個、書き出してくれ。

1. 上司に叱られる
2. 夕立に遭う
3. 渋滞に巻き込まれる

……こんな具合にね。番号を振るのを忘れないこと。

面倒くさいことしたくないよ、と思うかもしれない。でも書き出してみるだけでも、ずいぶんすっきりするもんだよ。大音量で音楽を聞きながら一気にやるのがおススメだ。思いつく限りのイヤなことを、75個、リストアップしてほしい。できるだけ些細な、ありがちなことでいいんだ。理由はあとで分かると思うよ。

作業は終わった？　お疲れ様。もうほとんど準備はオシマイだ。あとひとつだけ、必要な道具を買ってきてもらえるかな。大した値段はしないはずだ。きょうび百円ショップでも買えるものだよ。

5×5マスに数字を並べ、ミシン目に沿って穴を空けられる厚紙の束……つまり、ビンゴカードだ。ああ、買うのはカードだけでいいよ。本体はいらない。

君の人生そのものが、ビンゴマシーンになるんだから。

特別に僕からプレゼント。ビンゴカードを一袋、同封しておいたよ。適当なカードを一枚選んだら、ゲームスタートだ。
たとえば、上司に叱られた、としよう。その、イヤな目に遭ったら、まずリストを見る。さっきの例だと「上司に叱られること」は「1番」だったね。そしたら次に、カードを見る。1番があった？　おめでとう！　思いっきり穴を空けてやるんだ。以上、繰り返し。リストに載っている不幸が起こるたび、カードに穴を空ける。

どうだい、簡単だろ？

このゲームのいいところはたくさんある。
まず、ひとりでずっと、こっそり続けられるところだ。結婚式の二次会みたいに競いあって、おっかなびっくり手を挙げる必要もない。その代わり、めでたくビンゴになっても、誰からもプレゼントはない。当然だね。だから、君は

自分自身にちょっとしたご褒美をあげてほしい。（缶ビールとかコンビニスイーツくらいの、ちょっと嬉しいモノがいい）

次に、応用がいくらでも効くこと。とにかく75個並べれば、何でもビンゴにできるんだ。たとえば「部長が自慢話で言いそうなセリフ」をビンゴにしたら？　みんなが聞き飽きた武勇伝に、プレイヤーは誰より真剣に耳を傾けるだろう。調子にのった部長が張り切り出したらもうけもの。ダブルビンゴも狙える、ってわけ。

そして何より、イヤなことを少しだけ、楽しめるようになること。小さなことで腹を立てたり悩んだりする人ほど、ビンゴが出やすい。同じ番号が何回も出て、だんだん慣れてきて、イヤなことに抗体ができたら、その番号の内容を新しいイヤなことに入れ替えていくんだ。そうすれば、自分が何をイヤだと思うのか、だんだんと分かってくる。

どうだい、ビンゴカードがなくなるころには、今よりずっと素敵な君になっているはずだよ。

人生というビンゴマシーンは、ずっと回りつづけているんだ。あとは君が、パーティーを楽しむだけだよ。僕は楽しそうな君の笑顔を待っている。

さあ、準備はいいかい？

敬具

追伸　愛すべき妻へ。お誕生日、おめでとう。

手紙を読み終えた私は、しばらく考えて、手紙を裏返した。

これこそ、ちょうどいい紙。

ひとりきりのリビングで、私は音を立てて、ペンを走らせる。

「夫の許せないところ」
1. 誕生日に自分語り満載の手紙とよく分からないゲームを送ってくる。
2. 都合が悪くなるとすぐ家を空ける。
3. ビンゴの景品すら用意してくれない。
4. センスの欠片もないキザッたらしいセリフを吐く。
5.『嫌』を『イヤ』と書く（若作りすんな、ハゲ!!!）………

ちょっとしたご褒美か。離婚届にしようかな。
際限なく筆は進んだ。正直、今すぐにでもビンゴが出せそうだ。

マスクのヒーロー

マスクを被ったおじさんのパンチで、悪者が吹っ飛んだ。

まるでマンガみたいだ。目を丸くする僕の前におじさんが立ちはだかる。たくましい背中だ。

「二度とこの辺りで暴れるんじゃないぞ！」

一喝されて悪者が、すごすごと逃げていく。振り返ったおじさんの目は、マスクの奥で笑っていた。

「坊や、お守りをあげよう。助けが欲しいとき、私の顔を思い浮かべ、これを強く握ってくれ」

マスクのおじさんがくれた小さな袋は、とても綺麗な緑色で、受け取ると意外に重かった。

「素晴らしい未来のために私は戦う！　さらばだ、少年！」

感動でお礼すら言えない僕を置いて、おじさんは颯爽と去っていった。本当にかっこよかった。このおじさんはきっと、平和を守ってくれるんだと思った。


全部、間違いだった。

そこら中で発生しだした自爆テロでたくさんの犠牲者が出た。捜査は難航した。それでも大人たちは真相を探しつづけた。目撃証言や、監視カメラの映像から、ついに爆心地が割り出された。

みんな、度肝を抜かれたんだ。実行犯は全て、子供だったから。

大声で助けを求めながら、緑色の袋を強く握って爆ぜた、子供だったから。

――あの日、助けを求めなかった僕は、結果的に助かった。聡明な軍人さんが、優しい言葉で僕から、起爆装置を取り上げてくれたから。それから、僕は兵役についた。僕を救ってくれた軍人さんに憧れて。そして、地位と、有能な部下と、能力を手に入れた。

だから僕は、妙な話だけど、ある意味で感謝している。僕を救うフリをして、僕を兵器にしようとした、目出し帽のおじさんに。

つまり、この置き手紙を読んでいる、あなたに。

感謝のしるしとして生け捕りにしました。ただ、その部屋からは出られません。絶対に。

緑色の袋をお返しします。雷管と火薬を新しいものに入れ替えておきました。

どうしても助かりたいときは、大声で叫びながら、袋を強く握ってください。

救ってもらえよ。お前の正義に。

地球のお医者さん

ぼくのお父さんは、地球のお医者さんです。
「地球は今、病気なんだよ」と、お父さんが教えてくれました。
お父さんは地球を元気にするために、一生けん命働いています。
ぼくのうちに時々、電話がかかってきます。
朝早くにかかってくることも、夜遅くにかかってくることもあります。

お父さんはいつでもすぐに電話を取ります。とても立派です。

地球が病気で、みんな困っているので、お父さんの助けが必要なのです。


ぼくのうちや工場に、たくさんの人が訪ねてきます。

お父さんは次々と、順番にひとりずつ、お話をしています。

みんなむずかしい顔をして、お父さんにいくつか質問して、むずかしい顔で帰っていきます。

「世の中がおかしくなっているんだ、世の中がよくなればなあ」と、お父さんは言います。

ここのところ、地球のお医者さんがいそがしすぎて、お父さんの顔色はよくありません。


お父さんのお仕事は、工場長でした。いまも工場長です。

でもあまり仕事がないそうです。だからお父さんは地球のお医者さんになりました。

「本当に大事なものはお金では買えないんだぞ」と、お父さんはよく言います。

すごくかっこいいです。

このあいだぼくが風邪をひいた時、お父さんはすぐ気付いてくれました。ぼくにおでこをくっつけて、熱があるぞと言いました。そしたら熱がありました。さすがお父さんです。

お父さんはおでこを使って、地球の熱をはかります。

地面におでこをつけたまま、「大じょう夫です」とか「もう少し待ってください」とかを言います。

たくさんの人が帰るまで、ずっと熱をはかっているのです。

お父さんは本当にかっこいい、地球のお医者さんです。

分譲

俺は、他人の背中がマンションに見える。

こんなこと、めったに他人に話さない。自分にしか見えていないものを表現するなんて、至極面倒だからだ。

マンションから人間の両手両足が突き出ている。これが俺が見ている他人のうしろ姿だ。だいたいは5階建て。身長に比例して階数は増えるし、恰幅がよければ戸数が増える。人によって色や佇まいは微妙に違う。

立派な人間は立派なマンションに見える。新築のマンション、豪華なタワーマンション、あるいは古くても整備の行き届いたマンション。ただ、そんなのはごく稀にしか見ない。

窓がやたらと多いのに部屋の中は真っ暗だったり。ベランダまでゴミがあふれた部屋が放置されていたり。開けっ放しの屋上の扉がぶらぶら揺れていたり。

他者の精神状態がマンションとして見えているのだと思う。だとすると俺の想像以上に、人々の心の中は荒廃しているらしい。やれやれ、で済んでいた。これまでは。

息子が三歳になった。足元もおぼつかないくせに外出するたび歩きたがり、すぐに体力を使い果たして泣く。抱き上げればおとなしくなる。

だが、おんぶだけは頑として断る。

ある日、理由を聞いてみたら、息子はぼそりと答えた。

「おとうさんのせなか、なにもなくて、こわいから」

だから今は家庭菜園を始めたりしている。

少しでいいから、温かみが欲しいんだ。ベランダにも、背中にも。

いのちの灯(ともしび)

死神「おい！　おい起きろ」
高橋「何だよおい……今日は日曜だぞ、え」
死神「やっと目覚めたか」
高橋「だれだお前！　どこだここ！　それに今日は日曜日じゃないのか！」
死神「そんなに日曜日が大事か、この状況で。まあいい、おれは死神だ」

高橋「し、死神」

死神「ほら、辺りに並んだロウソクを見ろ」

高橋「ロウソク！　うわあ、明るいと思ったら、これ全部ロウソクの炎なのかよ」

死神「これは貴様ら人間どもの命だ。ロウソクにはそれぞれ名前が書いてある。ロウソクの炎が燃え尽きたとき、その人間の命も尽きるのだ」

高橋「マジかよ！　じゃあこの、今にも消えそうなやつは」

死神「おそらく年老いた人間のものだ、ほれ、名前を見てみろ」

高橋「十文字五郎兵衛、うへえ、ほんとだジジイの名前だよ。じゃ、じゃあこの太くてキラキラと輝いてるロウソクは？」

死神「生まれたての赤子のものだ。名前を見てみろ」

高橋「佐藤クレッシェンド、ほんとだキラキラした名前だよ！　未来に広がると書いて未来広（クレッシェンド）、読めねえよ普通」

死神「いまや命のロウソクに、フリガナを振る時代だ」

高橋「大変だなオイ、世界中の人間の命がここで輝いているのかよ」

死神「そうだ、これが命の輝きだ」

高橋「俺は？　俺のロウソクはどこにあるんだよ」

死神「ほう、見たいのか？」

高橋「いや、まあ……怖いけどよ。やっぱり気になるじゃねえか。そのホラ、近くにあるんだったらちょっと見せてもらいたいというか」

死神「残念だったな。この近くにはない」

高橋「あらそう。じゃあ何か、この辺りは近畿地方とか、関東地方は向こうのほうか。俺のロウソクもその辺りか」

死神「お前のロウソクは、遠くにもない」

高橋「どういうことだよ」

死神「うん、それなんだが……。じつは昨日、ロウソクを台帳と突き合わせて確認した際、どうやら手違いで、お前の命のロウソクを紛失していたことが判明した。つまりその……ええと……この度は誠に申し訳ございません！！！！」

高橋「えー！　ふざけんなよ！　炎が消えたら死ぬんだよな？　オイどうしてくれんだよ？　死んじまったらどうする？」

死神「ごもっともでございます。もしものことがあった場合にはですね、あなた様には来世、ロウソクを二倍の長さにしてご提供いたします。ですのでどうか穏便に……」

高橋「おい現世を諦めんな！　死んだテイで話進めるな！　どうすりゃいいいんだよ！」

死神「それなんですが、じつは私ども、すでにロウソクの在りかは突き止めております。あなたのロウソクは日本の東京・上野の住宅街の一角に存在しています」

高橋「ほぼ割り出せてるじゃねえか。取りにいけよ」

死神「そうもいかないのです。何せ私は死神……あまり人目に付きたくありません。そこでお願いです、私の代わりにロウソクを取りにいってもらえませんか？」

高橋「俺が？　自分で自分の命を？」
死神「あなたの命を救い、私の管理不行き届きを揉み消すには、これしかないのです」
高橋「思いっきりお前のためじゃねえか！」

――ある一家・お誕生会会場にて

娘「ねえママ――！　お部屋の飾りつけ、これでいいかなあ？」
母「いいわよ、とっても素敵！　……あれ？　ねえ、このロウソクはなあに？」
娘「あのね、立派だったからね、真ん中に刺したの」
母「もう火がついてるじゃない！　お母さんに言わずにマッチ使っちゃだめでしょ！」
娘「最初っから燃えてたんだもん！」

母「ふうん、まあいいわ。立派だし、ばっちくもなさそうだし」
娘「ねえねえお母さん！　おばあちゃん、喜んでくれるかなあ」
母「きっと喜ぶわよ～、こんなに素敵なバースデーケーキだもの」

――上野・道中にて

高橋「なあ死神よう、俺のロウソク、まだ燃えてるのかな……」
死神「ええ、あなたが生きている以上、おそらくどこかで燃えていますね」
高橋「ああ大丈夫かな、おれのロウソク」
死神「あのすみません……重要なのは炎のほうです。別にロウソクじゃなくてもよいのですよ。炎が燃えている限り、あなたは生きていられます」
高橋「なるほど。聖火リレーみたいなもんだな」

死神「あはは！　そんな大層なもんじゃないですよ」
高橋「おい殺すぞ。死神とか関係ねえぞ」
死神「すみません、火が小さくなれば人は弱り消えたら最期と……
　こういうわけです」
高橋「それじゃあ、逆に炎が大きくなったらどうなるんだ」
死神「さあ、分かりませんねえ」

――上野のある一家・キッチンにて

娘「ねえお母さん、おばあちゃんって今年で何歳になるの？」
母「えーっとね、八十八歳よ。米寿」
娘「ベージュ？　何が？　おばあちゃんの眼球？」
母「失礼ね、そうじゃないの。八十八歳のことを米寿っていうの、
　九十九歳は白寿っていうのよ」

娘「へえ、じゃあ百十一歳は？」

母「……『ご長寿』」

娘「ほんとに？」

母「自分で決めなさい。それよりケーキ、準備できたの？」

娘「うん。今からロウソクに火をつけるね」

母「マッチは危ないから、その燃えてるロウソクから火をつけなさい」

娘「はあい。十本くらいまとめてつけちゃお〜。わあ！　よく燃えるなあ」

――上野・道中にて

高橋「おい！　俺を見てくれ！　何だこれは。いったい何なんだ！」

死神「どうしたんですか。死にそうなんですか？」

高橋「逆だよ。力が湧いてくる。まるで生命力が十倍になったみたいだ」
死神「いったい何が起きているんだ……あ！　見えました！　あの家です！　あの家にあなたのロウソクがあるはずです！」
高橋「おう死神！　オラ、すっげぇワクワクすっぞ！」
死神「人格が変わってきている」
高橋「あの家まで競争だ！　うおーっ!!」
死神「ああっ待ってください！　いきなり乱入したら不審人物ですよ！」

——上野のある一家・食卓にて

娘「おばあちゃん。ベージュのお誕生日おめでとう！」
母「おめでとうございます。お母さま」

祖母「ありがとう。おばあちゃん嬉しいよ、こんな立派なケーキまで作ってもらって」

母「すごいでしょう、この子八十八本もロウソク刺したんですよ」

祖母「ああ、あたしゃ最初タイマツかと思ったよ」

娘「おばあちゃん、このロウソク、1回でフーって消せる？」

祖母「消せるとも。おばあちゃんね、肺活量には自信があるんだよ。水泳と、トロンボーンと、嫁への愚痴で鍛えているからね」

母「まあ、お母さまったら、あははは」

娘「すごーい！　それじゃ、ハッピバースデー歌うね！　ハッピバースデートゥーユー、ハッピバースデートゥーユー」

祖母「ふーっ、ふーっ、ごひゅううううう！」

娘「うわあ、ケーキごと吹き飛ばしそう！　ハッピバースデーディアおばあちゃん〜ハッピバースデートゥーユートゥー……」

おばあさんが今にもロウソクを吹き消そうとしたその瞬間、キッチンの窓を破って男が飛び込んできた。

死神「あ、あれを見てください！　あなたのロウソクがケーキに！」
高橋「何っ、マジかよ！　俺のロウソクが生クリームまみれじゃねぇか。おいテメエら！　人の命をなんだと思ってるんだ！　この悪党！」
母「悪党はあなたよ！　誰なのあなた！」
高橋「いいからそのロウソクを寄こせ！」
娘「やだ！　ケーキに触らないでよ！　おばあちゃんのお誕生日なんだよ！」
高橋「俺の命日かもしれねえんだ！　早くロウソクを寄こせ！」

もみあっているはずみでケーキのロウソクが何本か倒れてしまう。炎がテーブルクロスに燃え移り、あっという間に広がっていった。

娘「きゃーーっ！　火事よ！」
高橋「うわーっ!!　すげえ力が湧いてくる――――っ!!」

死神「大変だ！　奥様、消火器はありませんか」

母「あ……ありません」

死神「ではお風呂の水は？　まだ抜いていない？　早く汲んできてください！」

母「ありがとうございます、そして、あなたは誰ですか？」

死神「そんなことはどうでもいい、早く炎を消しましょう」

高橋「消すんじゃねぇー!!　見ろよこの圧倒的な生命力を！　もはや誰にも俺は止められねえぜ。そうりゃ、ファイヤー!!!」

死神「……アイツごと消しましょう！　そのほうが世のためになる！　奥様急いで！」

高橋「やってみろよこの野郎！　ひゃっはー！」

そこへ突然、竜巻のような風が吹き荒れた！　思わず皆が、風の吹く方向に目をやる。

娘「まさか……今のが、おばあちゃんの、息？」
祖母「どうだい、すごいだろう」
娘「すごーい！　おばあちゃんほんとに人間？　すごーい！」
母「み、水を持ってきました……あれ？」
祖母「もう消えちまったよ、まったく愚図な嫁だね」
母「あらあら、焼け死ねばよかったのに。うふふ、火事にならなくてよかったですわ」

ほっと安堵する食卓。そこに不似合いなほど、悲痛な叫び声がとどろく。

死神「なんということだ、炎が消えてしまった！　あああ、彼の命が！　いや、何よりわたしの出世が！　ああああああ」
娘「あれ、おばあちゃん。ここに一本残ってるよ。ほら、まだ燃えてるよ」

死神「え！　一本残ってる！　ああよかった、炎が残ってる！　起きてください！　あなた、一命を取り留めましたよ！」

高橋「しんどい……エネルギーが……根こそぎなくなった感じが……する」

死神「ああ、本当の意味で燃え尽き症候群ですね。まあ無事でよかった」

母「お話し中すみません」

死神「これは奥様、なんでしょうか」

母「あの、警察を呼んでもよろしいでしょうか」

死神「ああ、どうぞどうぞ。彼を逮捕してください。代わりに私に、その火のついたロウソクをいただけませんか」

娘「だめだよ。これはおばあちゃんのケーキのロウソクだよ」

祖母「いいよいいよ、持っておいき」

娘「おばあちゃんてば、優しいのね。でも、何でこのロウソク、火が消えなかったんだろうね」

祖母「消さなかったのさ、だって私はまだ今年、八十七歳だもの。

失礼な嫁だね」

母「ああもう、消えてなくなればいいのに」

非公式写真集

ほら、これがお父さんの若いころの写真集だ。

いや、芸能活動なんかしてない。

誰かが勝手に撮って、勝手に刷って、勝手に販売したんだ。それも三か月に1回ペースで。

辛かったぞ。くたびれた自分の顔が当然のように売れ残ってて。ありのままの私、とか、素顔の自分、ってのは美男美女だから成立するんだ。

6冊目の最後のほう。お父さん、盗撮魔を突き止めようと警察に相談に行った。その待合室で、お母さんと出くわしたんだ。この写真。ほら、お互いすごく驚いてるだろ。

見覚えのある顔だと思ったんだ。いつも同じ棚に並んでたから。ほら、これが若いころのお母さんの写真集。お父さんが見せたってのは内緒だぞ。

お父さんとお母さんはすぐ親密になった。同じ境遇の人間がいるなんて思わなかったからな。交際を始めてからは楽しかったぞ。二人の思い出がプロ顔負けの技術で残っていくんだから。

出版元は分からないまま、二人の写真集は本屋の棚をコロコロ移動した。「サブカル」から「旅行」「家庭料理」「ブライダル」。「家族」に移ったとき、生まれたのがお前だ。お前が初めて立ち上がったときの写真は、父さんの宝物だよ。12冊目に見開きで載っているやつだ。

ん？　ああ、そうだよ。我が家の写真集は、今も定期的に発売されている。慣れてしまえば便利なもんだ。今年の年賀状も、写真集から選りすぐりの一枚を拝借した。よく撮れてたからな。

で、お前の彼女、いつ実家に連れてくるんだ。

隠しても無駄だぞ。

この前やっと発売された、お前のファースト写真集で見たからな。

グレイテストギフト

彼女のドキュメンタリーを作るんだって？

よく俺のところまで辿り着いたな。何十年も前に一線を退いたのに。

俺の肩書は何？　元マネージャー？　それとも元恋人かな。どちらでも構わないよ。今となってはどちらも大昔の話だ。

モデル出身の作家、なんてのは、いちばん叩きやすい存在だっただろうな。

彼女はまさにソレだった。実際ルックスはそこそこ以上によかった。処女作が担当の目に留まって、トントン拍子に人気作家になった。

天は二物を与える、なんてめったにあることじゃない。だから常に噂はあった。盗作、枕営業。いちばん疑われたのは当然、ゴーストライターの存在だった。

彼女は本当に小説を書いているのか？

不躾な質問をぶつけた報道局を、翌日、彼女はアポなしで訪れた。若い社員に使い走りを頼み、鉛筆と原稿用紙を買ってこさせた。空いている机をひとつ借り、代わりに撮影許可を出した。

そして、小説を書き始めた。
二か月に及ぶ執筆の果て、全てを出しきり疲労困憊の彼女が、完成した原稿を社員に渡すところまでが、ニュースとなり、動画となり、ＳＮＳで世界中に拡散された。

小説はベストセラーになった。

彼女は天才だったんだ。もう死んじまった今でも思うよ。
確かにおもしろい小説でした、って？
ありがとう。それは嬉しいな。

なぜ俺が感謝するかって、そりゃ俺が書いたからだよ、その小説を。

彼女は俺が書いた小説を一語一句違わず暗記し、衆人監視の下で、あたかも自分が考えたような顔で書き写したんだ。単純な手品だけど、誰も見抜けなかった。そりゃあそうだな。ずば抜けた記憶力と演技力、巧みな自己プロデュース、強い自制心とプレッシャー耐性、人を引きつけ周囲からの応援を勝ち取る社交性――全て併せもった彼女だからできたんだ。

文才？　そんなもの、からっきしなかったよ。だから何だって言うのさ？

彼女は本当に天才だったんだ。それだけは、間違いない。

ザッピング

「最近のＴＶＣＭはやたらとかしましい」

　博士は強く机を叩いた。

「中身はないくせに頭にこびりつく。じつに厄介だ。そうは思わんかね」

「はあ、そうですかね」

　助手の気の抜けた返事を聞き流し、博士は机の上の小瓶を手に取った。

「そこで開発したのがこの、ＣＭを飛ばす薬だ」

「機械じゃないんですか」

「簡単に説明すれば、一種の麻酔薬だ。服用する人間が無駄だと思う時間、その間の記憶を消してくれる作用がある」

「ＣＭを見た記憶を飛ばす、ということですか」

「その通り。この薬には汎用性があるぞ。聞くに堪えない無駄話や単純極まりないルーチンワーク、あるいは反復作業でしかないトレーニングの苦痛からも、人々を解放できるだろう」

「実際に服用したんですか」

「何を言う。こんなに忙しいのに、私に無駄な時間などあるものか。それに私はＴＶを見ない。

ただしこの薬の効能は確かだ。ラットでの実験結果にもめざましいものがあったぞ」

「そうですか」

「そもそもどのようにラットの記憶値推移を調べたか教えてやろう、これは長い話になるのだが……」

深夜の研究室。助手は薬瓶を手にとって、濁った瞳で凝視する。

日々繰り返される実験と後始末。延々と続く博士の自慢話と学会への呪詛。いつまでも変わらない待遇と学会での扱われ方。

無駄な苦痛。時間を、無駄にする、苦痛。これまで散々味わい、そしてこれからも味わうだろう苦痛。

いつの間にか蓋を開けていた。助手は瓶の中身を一気に飲み干した。

服用量を聞いていなかった、と、気付いたときには遅かった。

かつて助手だった老人は、たくさんの親族に囲まれている。いまわの際まで残った聴覚から、しみじみとした語りが聞こえてきた。

「おじいちゃん、長生きだったわねえ」

「きっと幸せだったろうね、こんなに安らかな顔で、最期を迎えられて」

老人は思う。安らかな顔か、そう見えるならそれでいいや。人生そのものが、無駄な時間だったんだろうな。

こんなにも何ひとつ、覚えていないのだから。

服屋（ふくや）にて

「何で教えてくれなかったんだ、さっきの客がボクサーだって」

「世界チャンピオンの顔を知らないとは思わなくてさ」

「来たときからずっとイライラしてたし」

「無理もないよ、明後日に防衛戦が控えてるんだ」

「ものすごく怒られたぞ。俺はただ、上着をすすめただけなのに」

「あれはボクサーなら、誰でも怒るよ」

「何で」

「おすすめの仕方がまずかったんだ。『やっぱりベストはダウンですね』なんてさ」

深夜の乗客

「水泥沼団地まで」

「……はい、かしこまりました」

「運転手さん、いま妙な顔したね」

「はあ、分かります？　正直、水泥沼団地には行きたくないんですよ」

「なにか不都合でもあるのかい」

「じつはこの間、水泥沼団地行きのお客様を乗せましてね」

「へえ、ウチのご近所さんかな」

「お若い女性でした。時刻も同じくらい。夜遅くに」

「どこの娘さんだろう」

「妙だな、と思っていろいろと話しかけたんですが、返事がないんです」

「……おいおい、聞いたことあるぞ」

「やっと目的地に到着して、振り返ったらね」


「後部座席には誰もいなかったんだろ」

「ご存じでしたか」

「あのねえ運転手さん、そりゃあものすごく有名な怪談だよ」

「怖くありませんか」

「ネタが古いんだよ。ありふれた話じゃ先にオチ言われて終わりだぞ」

「本当に、怖くありませんか」

「しつこいなあ、怖くなんて……あれ?」

「……どうされましたか」

「て、手が透けてる、なんだこれ、うわあ、嫌だああああああ」


運転手は車を止め振り返り、誰もいない後部座席に呟く。

「また消えちまったよ。本当に妙な場所だね、ここは」

運転手は消えた客が残した鞄を開き、財布をつまみ出す。

タクシーは再び走り出し、水泥沼団地から逃げだすように、夜の街へ消えていく。

すけべ神社（じんじゃ）

遊郭にほど近い一角にあるその社は「すけべ神社」と呼ばれていた。

神罰もへったくれもない愛称をつけられた理由は、「鳥居」にある。かつては朱塗りだったであろう色合いが年月と放置により妙な具合に退色して、やけに艶めかしい桃色になっていたのだ。煽情的な鳥居をくぐり、境内で不埒な行為に耽（ふけ）る輩も数知れず。逢引の舞台として、参拝客は引きも切らなかったという。
　ある夏の朝、ひとりの女が桃色の鳥居をくぐった。名は白泉（はくせん）という。清らかな名に反し生活は貧しく、最下層の遊女として日々を切り抜けている。

　素寒貧（すかんぴん）という概念が化けて出たような身なりの白泉が、すけべ神社に賽銭を投げ込んだ理由は判然としない。懐に少しばかり余裕があったか、逆にどうしようもなく切羽詰まっていたのか。白泉の願いはただひとつ。安定した収入。当然であった。本尊におざなりな一礼を捧げ、白泉は石段を下った。

　その帰途で白泉はたまたま、古井戸に落ちた。踏み抜いた腐れ板と共に落下した白泉は激流にのまれた。
　地下水脈から直接汲み取る形式の井戸であった。狭隘（きょうあい）な地下水路を錐揉（きりも）みになりながら白泉は流されていく。胎内巡りというには壮絶すぎる地底旅行。土葬の手間が省けたな、と腹を括り失神した白泉、数瞬の後に水脈の終着地、遠く離れた山の滝壺にゲロリと吐き出された。

野菜を洗っていた農夫の弥七は仰天した。派手派手しい着物の女が水底から浮き上がってきたのだ。幸いにも弥七、泳ぎは達者であった。岸へ引き上げた白泉は大量の水を飲んでいる。村の古老の教えに従い弥七は大量の野草を集め、これを片っ端から白泉の口に詰め込んだ。

強烈な苦味により強制的に意識を取り戻した白泉。意識を取り戻したとはいえ今度は野草に含まれる毒物に苦しめられる。沢蟹のように泡を吹いて悶絶する白泉を前に、よかったよかったと弥七は胸をなでおろした。かくして白泉は生還を果たした。

弥七に礼を言って帰途についた白泉には、絶望的に計画性がなかった。もらった水と握り飯を即座に消費しての山越え、そして都への長い長い旅は過酷を極めた。空腹には慣れっことはいえ渇きは如何(いかん)ともしがたい。

じりじりと日に焼かれながら歩きつづける白泉。

彼女を動かしつづけたのは復讐心であった。賽銭の代償に過酷な罰を与えくさった腐れ神社、桃色鳥居のすけべ神社だけはどうしても許せない。その一念で白泉は、ついに都へ帰ってきた。

白泉を待っていたのは予想外の大量指名であった。引きも切らない男たちに嬉しい悲鳴を上げながら、白泉は彼らに問うた。

どうして今更、私を選んでくれたので？

男たちは一様に「清潔感だ」と答えた。まとまった金を手にして足を洗った白泉は、考え抜いた末、小さな店を構えた。

人様の服を預かり、代金を受け取って、綺麗に洗って返す、つまり洗濯屋である。激流に揉まれ、吐き出した泡に濡れ、渇きに苦しんだ末、清潔だと持てはやされて富を得た人生。これも天の導きであろう、と、第二の人生を賭けたのである。

女店主の壮絶な人生と、仕事の出来のよさのおかげで、店は末永く繁昌した。

看板代わりに掲げられたのは、すけべ鳥居を模した、桃色の小さな鳥居。

「小淫乱鳥居（こいんらんどりい）」と呼ばれ、末永く親しまれたそうな。

スカウト

演奏、お疲れ様でした。いやいやいやいや、そんなに驚かないでくださいよ。ずっと聴いてたんですから。

路上で歌い始めて長いんですか？　10年！　それはすごい。じゃあ大先輩だ。いや、じつのところ私も、ミュージシャンの端くれでしてね。ちまちまと家で楽器をいじっていたんですが、承認欲求というのは厄介なものですね。より多くの人の前で、演奏したいという思いが湧いてきまして。こうしてストリートに出てきたんですよ。

え？　いやいや、いいですよ私の歌なんて。……聴いていってくださるんですか。いやあ、恐れ多いなあ。では、恥ずかしながら、準備をさせていただきます。

興味津々といったお顔ですね。ええ、これ、自作の楽器なんですよ。先輩のようにギター一本で弾き語り、ってのがいちばんの憧れなんですけどね。でも、私の才能はどう見積もっても中の下程度。だったら凡人なりに工夫しよう、ってんで、自作楽器に手を出したんです。電源を入れて、鍵盤を押します。

ね、アンプも通してないのに、すごい音でしょう。音量がありすぎて、家では上から何重にも毛布を掛けないと練習できないという。あはは。

仕組みですか。わかりました。今日だけは特別だ。上蓋を上げます。はいどうぞ。

さすが先輩。男の子だ。驚いても動じませんね。こないだ女性に見せたときは、絶叫しながら倒れちゃって。

ええ。

セミです。

この楽器、セミを鳴らしてるんですよ。

毎年夏になるたび思ってたんです。うっとうしいセミの連中、小さい体から、どうやってあんな騒音出すんだ、って。それと同時に、ちょっぴり嫉妬しませんか。あれくらい大きな声で歌いたい、って。で、昆虫図鑑やらなんやらで、セミのこと調べたんです。発音膜を強靭な筋肉で震わせて音を出し、腹の中の空間で音を大きくする。さらに、腹部の弁を開閉して、鳴き声の強弱や調子を変える。雄ゼミの中身は音を出す機能だけ。あとはほぼ空っぽ。

潔いですよね。音楽家はかくありたいものですよ。という尊厳と敬意を込めて、セミをそのまま、楽器にしちゃいました。

ええ、もちろん死んでますよ。夏の間は生きたセミを使いますがね。特殊な防腐剤を使って、生きているときそのままの発音機能を残しています。で、この鍵盤を押すと、電気が流れて発音膜が震えるわけです。弁を調整して音階をつけて、ずらり61匹。なかなか壮観でしょう?

セミのアコースティックピアノ、略してセミアコピアノ。と洒落たいですが、電気使ってるんですよね。あははは。

どうしました? ……うーん、やっぱり気持ち悪いですか。いえいえ、よく言われるんですよ実際。やっぱり虫だと見た目が悪いんですよね。だから決めたんです。鳴らす材料を変えようって。電気で発音器官を鳴らすだけなら虫じゃなくてもいいんです。

鳥とか。ねことか。

人間とか。

この辺りのストリートミュージシャン、めっきり減ったと思いませんか？　え？　あ、いやいや、早まらないでください。あなたに危害は加えません。本当ですってば。あなたの演奏、聴かせていただきました。声量、ハイトーンの伸び、音域、ブレス。耳を凝らして聴きました。ですので、はっきりと言えます。

私のピアノに、あなたはいりません。

よかったですね、あなた、まったく才能なくて。早く帰れるように一曲弾いてあげましょう。蛍の光です。楽器はセミなのにね。あははははは。

迎合主義（げいごうしゅぎ）

よく言えば、素直で従順。
悪く言えば、流されやすく言われるがまま。

エフ氏はいつも人に合わせてばかりいた。

釣り、パチンコ、競馬、キャバクラ。何に誘っても必ずOKする。
気の弱そうな顔でニコニコしながら、最後まで付き合ってくれる。

初めのうちは誘った側も気分がよい。いろいろと教えてやったり熱く語ってみたりする。だが、だんだんエフ氏の態度に興ざめしてくる。こちらの顔色をうかがってくるばかりで、付き合いがいがないのだ。

エフ氏はそんな態度だから、嫌われてはいなかったけれど少しバカにされだした。エフ氏は別段怒りもせず、会社での態度も変えなかった。そのことでますます周囲は彼を軽んずるようになった。

「あいつは腹の底まで、迎合主義が沁みついているよな」

エフ氏もそこまで言われると少し気になってくる。自分の意思をもたねばならぬ。そう思ったエフ氏は手始めに趣味をつくることにした。エフ氏が選んだのは登山だった。

おぼつかない足取りで山道を行くエフ氏を、突然の落石が襲った。エフ氏は逃げるでも、助けを求めるでもなく、落石をただ受け止めてしまった。

エフ氏は頭部を強打し、救急車の中で帰らぬ人となった。

エフ氏はドナーカードを持っていた。生前、同僚の付き合いで作ったものだ。もちろん「提供しない臓器」の意思表示は皆無。全ての臓器、皮膚、血液が移植に用いられた。

数十件にも及ぶ手術、その全てで、拒絶反応は一切出なかったという。

エフ氏は他人の腹の底にも、あっさり迎合したのだった。

はなびし

喪服なんか着てくるんじゃなかった。みんな制服だった。普段ならここぞとばかりにいじられるんだろう。

けど、誰も何も言わなかった。

俺らは黙って河川敷を進み、土手を上った。天気はくもり。振り返ると来た道は生ぬるい闇に飲まれて、ぼんやりとしか見えなかった。

係員も。ベッドも。

山下も。

もうじき山下が夜空に打ち上がる。

バカで明るいやつだった。入院したと聞いたときも笑ってしまった。どうせ食べすぎだろ、とか思っていた。

夜中に送られてきた長文のメッセージも酷かった。やたら硬い文章なのに、重複が何個もある、コピー&ペースト丸わかりの文面。

でも、その内容はまったく笑えなかった。

精密検査の結果、腹部に妙な影が見つかったこと。調べたところ、花火玉が数発見つかったこと。打ち上げ筒は体中に転移していること。花火大会は半年以内に開催予定らしい、との一文。

「明日から入院するから、借りてたCDしばらく返せないかも！　ごめん！」

最後がぼんやりした文章で終わっているのも、じつに山下らしかった。

病院では面会謝絶をくらった。応対してくれた看護師さんは、妙な匂いがしたけど、優しかった。そこまで酷い状態なのか、と青ざめる俺に、丁寧に説明してくれた。

山下は地下の耐爆室ってとこにいるらしい。地雷除去用の防護服を着ないと入れないんだって。

電話やビデオ通話はいくらでもやっていいから、いろいろ話してあげてくれ。

逆に頭を下げられた。帰り道で気付いた。消毒薬じゃない、あれは火薬の匂いだった。

連絡を入れたら山下は本当に喜んだ。相変わらずハイテンションでおもしろかった。とても、来年になったらいなくなるヤツだって、信じられなかった。

「このまま行くと俺、夏にはに打ち上がるみたい。タイミングばっちりでみんな喜ぶね」

画面の向こうで山下は笑った。俺も何とか笑顔を作れた。

「観にこいよな」

「ああ、みんな誘っていくよ」

「約束だぞ。雨天決行だから」

「いやいや」

雨だろうが晴れだろうが開催すんな。お前が花火になるとこなんて見たくないよ。何が「花火死」だよ。ふざけんな。

言葉にはできなかった。のどが詰まって、変な咳が出た。

ひゅうううう。

甲高い音で俺はわれに返った。ああ、と誰かが悲鳴を上げたとき、夜空に巨大な花火が広がった。次々に色とりどりの花火が炸裂するたび、周りの連中の顔が照らされる。

泣いてるクラスの女子。涙をぬぐう山下のお父さん。ひとりひとりの顔を輝かせるように、何発も、何発も花火が上がった。

最後に広がったのは、ものすごいスターマイン。あたり一面が明るくなった。全員が思わず、溜息をついていた。

「あの子らしいね」

誰かが呟いて、全てが終わった。

河原をライトで照らしながら、葬儀屋がお骨を拾い集めている。俺たちも火箸と懐中電灯を借りた。スマホのライトで地面を照らしながら、クラスの女子はまだ泣いていた。

「山下、もういないんだね」

「そうだねえ。こういう集まり、いちばん楽しんでそうなのに……あ！」

背後から驚いた声が聞こえ、振り返ると女子二人が空を指している。

夜空をゆっくりと、パラシュートが下降してきた。あいつ、好きだったな、こういう仕掛け花火。

パラシュートには小さな封筒がぶら下がっていた。

出てきたのは、貸しっぱなしだったCDと、手紙。

火薬の匂いが鼻に刺さって、涙が出て、そのまま止まらなくなった。

剣と魔法のラヴォラトリ

これは、ちっぽけな存在の、壮大な冒険の物語——。

代わり映えしない朝

エリックは目を覚ました。誰かに話しかけられたような気がする。いや、おそらくは夢だろう。あるいは転生前の記憶かもしれない。

エリックは転生者だ。剣と魔法の世界に転生してきた彼は、その代償として全ての記憶を失っていた。その上不運なことに、転生直後に持ち物の大半を追いはぎに奪われてしまった。文字通り裸一貫から必死に動き回り、今は何とかこうして、王都からずいぶんと離れた郊外にひっそりと暮らしている。エリックは寝床から出ると朝食の支度を始めた。窓の外はまだほの暗い。簡素な朝食を終え、エリックは立ち上がった。

冒険の物語は、ここから始まるのだ。

エリックは辻馬車に揺られている。朝も早いのに馬車は大変混雑している。王都に出るためにはこの馬車に乗るしかないのだ。深刻な馭者(ぎょしゃ)不足で馬車の本数は少ない。馬車が大きく揺れた。誰かが微かなうめき声をあげる。エリックはできるだけ体を小さくすることを心掛けながら強く目をつぶった。

やっと馬車から降りた時には周囲はすっかり明るくなっていた。大きく伸びをするエリックに誰かがぶつかり小さな舌打ちをひとつ寄こす。エリックは声にならない声で謝りながら自らの目的地——白竜の集会所(ギルド)に向かった。

白竜を討伐した男

白竜の集会所は新興の勢力だ。いつもざわざわと活気がある。ギルドマスターはキールという男だ。エリックよりもずっと若いが、たったひとりで白竜を倒し、生ける伝説となった。町に出れば誰もが振り返る有名人だ。さらにキールには商才があった。白竜討伐で得た資金でギルドを設立し、自ら陣頭に立って精力的に活動している。

エリックが集会所の門をくぐると、キールが満面の笑みを浮かべて立ってい
た。エリックは虚を突かれて立ち止まる。キールが朝から集会所にいるのは、
ひどく珍しい。

「やあ、エリックさん」

「……おはようございます」

エリックは頭を下げる。キールの力は強大だ。機嫌を損ねて、消し炭にされ
てはたまらない。

「あなたが来るのを待っていた。ギルドへの加入志願者が大勢押し掛けてい
てね。エリックさんに選抜をしてほしいんだ」

にわかにエリックの胃が痛みだす。

「……キールさんは出席されないんですか」

「私はこれからワイバーンの討伐だ」

「そうですか、ご武運を」

「悲観的になることはないさ」

キールはエリックの肩を叩くと歯を見せて笑った。

「白竜と比べれば、何も怖いことなんてないよ」

キールの口癖だ。彼は本当にそう思っているのだ。だから質(たち)が悪い。自分以外の誰もが、自分と同じような勇気をもっていて、自分と同じように頑張れる――そう思っているのだ。

立ち尽くすエリックを後目に、キールは爽やかな笑顔を残して去っていった。

きっとまたどこかで、伝説とやらをつくるのだろう。

魔導書類

エリックは大量の魔導書類に呪印を施している。

集会所への加入希望者はあとを絶たない。キールの知名度が理由のひとつではあるが、いちばんの原因は加入条件のゆるさにある。キールはもともと貧しい農民の出で、英雄となる資質を評価される場に恵まれていなかった。生い立ちで全てを決められる風潮に、常から疑問をいだいていたキールは、自らの配下には徹底的な能力主義を求めている。つまり、どのように育ってきたか、ではなく、何ができるか、だ。

謳うのは簡単だが、調べるのは難しい。キールが編み出したのが、魔導書類を使う方法だった。志願者は魔導書類に己の魔力を込める。選抜者は魔導書類に込められた魔力と対峙し、魔力の多寡を測り、選抜の結果として呪印を施す。

選抜者たるエリックは一枚一枚書類をめくり、選抜者の魔力を吟味しながら呪印を施していく。大変な作業だ。しかし、全ての魔導書類に押印する魔法を使えば一瞬で済む。だが、その魔法の使用はキールに禁じられている。一枚一枚を確認することを求められているのだ。「エリックさんが自ら確認することが重要なんですよ」本当だろうか。私に負担をかけるための詭弁(きべん)ではないだろうか。大量の書類の山にエリックが呪印を施し終わったときには、すでに昼食の時間が終わりかけている。

仲間はいずこに

午後からは面談がある。選抜を潜り抜けた候補者との面接だ。集会所にとって重要な過程であり、気を抜くことは許されない。エリックは部下のパステルと共に候補者を呼び込み、ひとりずつ選抜していく。集会所の職務を遂行するに足る人物かを慎重に見定めるのだ。

それにしても、最近の候補者の質の低下は甚だしい。ドアを開けっぱなしで入ってくるもの、こちらが促す前に着席するもの、いのいちばんに給金について聞いてくるもの、勇者としての資質以前に、人間としての品格を疑うものばかりだ。エリックは内心で青筋を立てながら、それでも慇懃無礼に勇者候補をあしらっていく。何とかしてここから使える人材を見出さなければならないのだ。どの集会所も人手不足にあえいでいる。他の集会所に採られる前に少しでも有用な勇者候補を確保しなければならない。目の前の勇者候補が話し出した。蚊の鳴くような声だ。覇気が感じられない。不採用だ。エリックの胃がまた痛みだす。

突然の別れ

面談は空振りに終わった。キールから何を言われるか分からない。溜息を吐きながら魔導書類を整理するエリックを、パステルが背後から呼び止めた。

「あの、この集会所を抜けたいんです」

衝撃だった。エリックはパステルを後任にしようと考え、自らのすべてを伝えるつもりだった。なぜ、辞めてしまうのか。この集会所に不満があるのか。

「自らの力を試したくなったんです」

「うそをつけ。お前も青龍の集会所に行くのだろう」

エリックの糾弾を受け、パステルは目を逸らす。青龍の集会所は王都では最大手の勢力だ。白竜の集会所より規模は大きく資金も潤沢で、噂では団員に食料や住宅まで支給していると聞く。皆が憧れる集会所だ。

「すみませんエリックさん。今までお世話になりました」

パステルは一礼すると、鮮やかに去っていった。その背中はまるでキールのように勇敢に見えた。そんな姿勢だけを学ばないでほしかった。残されたエリックはこの損失をキールに伝えなければならないのだ。それはエリックにとって、白竜よりも恐ろしいことだった。

大量に人間を詰め込んだ辻馬車に揺られ、エリックが家に帰りついたときには、辺りはもう真っ暗になっていた。疲れた体を引きずり寝床に横たわるエリック。ああ、どうすればいいのだろう、と呟いても、返してくれる者はいない。

エリックは低くうめくと立ち上がり、机の引き出しを開ける。

そこには、一本の長い布が入っている。

追いはぎの強奪を免れ、エリックの手元に唯一残った転生前の所持品が、この長い布だ。

エリックは姿見の前に立ち、長い布を首に巻き付ける。転生前の記憶だろうか。なぜだか布を首に巻き、結ぶ動作だけは体が覚えているのだ。結び目を締めてみる。出来上がった、という感覚がはっきりとある。

エリックは長い布を巻いた自分の姿をじっと見つめる。そして、転生前の自分が、どんな人間だったのかに思いを馳せる。エリックの中で転生前の自分はどんどん美化されていく。そうだ。自分は、この布とともに、壮大な冒険をしていたに違いない。満員の辻馬車に揺られることもなく、理解のない上司や人間関係やわけの分からない仕組みに悩まされることもなく、自由で、大胆で、素晴らしい冒険を……。

天職(てんしょく)エージェンシー

「本日からお世話になります、鹿島と申します。よろしくお願いいたします」

中途入社社員の歯切れのいい挨拶に、石崎は目を細めた。

「採用面接以来ですね。こちらこそよろしく」

「採用していただき、誠にありがとうございます」

「こちらこそ、優秀な人材を確保できてよかった。今日から鹿島くんには品質管理部で働いてもらいます」

「異業種からの転職なもので、一からのスタートになりますが、頑張ります！」

いまだ面接中のような口ぶりの鹿島を、石崎は苦笑しながら配属先へ案内した。


その日の夜。


喫茶店で待っていたダークスーツの男は、うやうやしい一礼で石崎を迎えた。

「その後、いかがですか。鹿島さんの働きは」

「精力的に働いてくれているよ。不安になるくらいだ。元気がありすぎて」

石崎の含みのある言葉に、男は微笑んで答えた。

「……間違いないんだろうな、鹿島くんの余命は」

「ええ。もってあと半年です。弊社の調査に誤りはございません」

「そうでなければ困る。だからこそ未経験者に法外な給料を払うんだ」


鹿島が担当する業務は特殊な手順で引き継がれる。効率的で大きな利益を上げ、ただし確実に法律に抵触する手法を教えられるのだ。複雑怪奇なプロセスは、全ての責任を鹿島が被る形で構築されている。鹿島は、その企みに気付く経験も、習熟するための時間も持ち合わせていない。当局が嗅ぎつけるころには、真相は全て、鹿島と共に墓へ葬られる。

「リミットオフ・エージェンシーか、悪趣味な社名だな」

「否定できません」

男は微笑みを崩さない。

「ですが、他の斡旋業者よりも大手に就職できるチャンスが多く、異業種への転職活動も積極的に支援してもらえる、と、概ね好評をいただいております」

「余命僅かな転職希望者なんて、どうやって集めてくるんだね」

「われわれは、企業様が求めておられる人材を、ヘッドハンティングしているだけです」

守秘義務か。石崎が顔をしかめても、男は慇懃無礼な微笑みを崩さなかった。

帰宅の途についても、なお石崎の胸中は晴れなかった。まだ若い鹿島に真実を告げず、濡れ衣を着せてあの世に送り出す罪悪感だろうか。それでも、こうするより他はない。石崎にも守るべき立場がある。

むしろ鹿島は幸せな人間だと言えるかもしれない。最後の最後まで、他人の役に立つことができるのだから。

自らにそう言い聞かせながら我が家へ辿り着いた石崎を、愛してやまない妻と娘が迎えた。

（そうだとも、俺は家族のためなら、何だってやってやるぞ）

娘を抱き上げる石崎の下へ、妻が一通の封筒を差し出す。

「届いてましたよ。あなた宛に。言っておいてくださいな。転職を考えているなら」

封筒に印刷された社章は、昼間、ダークスーツの襟元で輝いていたものだった。

——リミットオフ・エージェンシーからの、転職案内。

石崎は目を逸らすことができない。

（そんなバカな）（健康診断の結果だってまだ）（余命は）（俺の余命は）

石崎は急に胃の痛みを感じた。かつてないほど重苦しく、不穏な痛みだった。

手紙(てがみ)と葉書(はがき)

彼女の机から出てきた、てがみ。

はじめまししみ。いきなりこんなメモが机に入っみいみ、びっくりしたと思います。今日は僕の気持ちを伝えさせみくださ い。あなたはミニス部のキャプミン。僕はただのみんもん部員。一目ぼれしました。あなたは僕にとっみの、みん使だと。だけどずっとみが届かない高嶺の花だと思っみ、諦めみいました。

じつは、僕は急に、みん校することになりました。親が岩み県のみつ道の駅員にみん職しみ、引っ越すことになりました。僕は、自分の気持ちを見み見ぬフリしたまま去っみいきたくありません。だから言わせみください。

僕はあなたを、愛しみいます。もしよかったら……お付き合いしみくれませんか。

間接みきにしか伝えられなくみごめんなさい。みん居先の住所を書いみおきます。よかったら、おはがきをくださいね。

彼の新居に届いた、はがき。

きじめまして。岩手の学校にき、もう慣れましたか。

最初におてがみを見たときき、びっくりしました。でも、私もじつき、きじめて見たときから、あなたが気になっていました。たとえぎ、あなたのきききしした喋り方や、時折きっとさせる言動が。

だから私の返事き、きい、です。

遠くきなれていても、こうしておてがみのやり取りをしましょうね。今年のきるにき帰ってこられますか？　また、きなしがしたいです。

いつでも、おてがみを送ってきてね、でき、また。

どうだ、明（あか）るくなっただろう

「先生、先生……ご無事ですか……先生……」

囁くような声が、だが、確かに聞こえた。闇の中から誰かが私を呼んでいる。

他に生存者がいるのだ。車から這い出て、大声で返事をしようとして、すんでのところで思いとどまった。

落盤の危険性に気付いたからだ。私は今、崩落したトンネルの中にいる。

「ここだ……ここにいるぞ……」

私の必死の呼びかけはどうやら届いたらしい。足音が、私の目の前で止まった。

「三枝先生、三枝先生ですか?」

「ああ……君は?」

「私です。共立新聞の後藤です」

うそだろう。告げられた名前に、図らずも嘆息してしまう。

後藤という男は、典型的な偏向論者だ。報道の自由を笠に着て、特定の政党をひたすら誉めそやし、敵対する勢力は容赦なくこきおろす。新聞記者の風上にも置けない男なのだ。

そして現在、後藤の格好の餌食となっているのが、他ならぬ、この私である。記者会見から自宅の前まで、神出鬼没のこの男。危機的状況にもかかわらず、よりにもよって、という思いが湧き上がってきた。


「先生、ご無事でしたか」

「何とかな」

言葉にトゲが混じるのを隠せない。

「まったく、なんて休日だ」

「こんな山奥に来るからですよ」

「元はと言えば君の尾行がしつこいからだろうが。少しでも安らぎを得るための旅行のつもりが何てザマだ。とにかく、何とかして脱出せねばならんな」

「出口を探しましょう」

「こう暗くては仕方ない。待っていろ、いまライターを出す」

「いけません先生！」

後藤の制止は鋭かった。

「ガソリンが漏れているかもしれない。火や電化製品の使用は避けるべきです」

「なら、どうすればいいんだ？　真っ暗闇の中を手探りで進むのか？」


沈黙の後、後藤は低い声で答えた。

「……分かりました。私に任せてください」

ゴソゴソと何かを取り出す音がした。次の瞬間、暗闇の中に後藤の姿が浮かびあがった。忙しなく手を動かす後藤、その全身が、ボウッと光っているのだ。

「私が先導します。とりあえず、入口まで行きましょう」

後藤は光り輝きながら、呆気にとられる私にあごをしゃくった。

数時間後。

出口に辿り着き、瓦礫をかき分け、私たちは奇跡的に生還した。

これも全ては、後藤が放つ光のおかげだった。

「認めたくないが、君は私の命の恩人ということになるな」

「お礼は結構ですよ、ただ、今日のことは黙っておいてくださいね」

「ひとつ教えてくれ。君はトンネルの中で、いったい何をしていたんだ」

「普段通りですよ。手帳にボールペンで、例の政党に媚びへつらった記事を書いたんです」

「じゃ、じゃあ、どうして君は光っていたんだ?」

「そりゃあ光りますよ」

後藤は自嘲的に笑った。

「私の書くものは全部、提灯記事ですから」

総憎力（そうぞうりょく）

別に怒ってないですよ。こちらこそ、昨日はすみませんでした。

いや、その、目を見て話すのは、ちょっと難しいです。理由ですか。どうせ分かってもらえないから話したくないんですけどね。先輩が好きとか嫌いではなく、無駄だから話さないんです。病んでも悩んでもない、面倒なだけ。

でもまあ、時間取ってくれたんだし……一から説明しますよ。俺に何が見えてるか。

ストレスが溜まってたんです。とにかく。分かってますよ。働いていればみんな、しんどい思いはしてる。でも、何かしらで誤魔化してるでしょう。酒や運動や娯楽で。俺は飲めない体質だしスポーツも苦手、人混みが苦手で頭も悪いときてる。ストレス解消のために何かやろうとすると、それがストレスになっちまうんです。

たぶん不良品なんですよ、俺、脳が。

ストレスの解消に、いつの間にか俺は人を殴るようになりました。現実ではなく、だめな脳の中でね。腹立つことを言われたら、相手の顔に想像上のパンチを叩きこむんです。顔が歪んで腫れて、折れた歯が唇を切って、流れる血がシャツの襟を汚すところまで、きっちりイメージするんです。

画像編集アプリみたいなもんですよ。視界にフィルター被せて、うその暴力振るって、日々の鬱憤を晴らしてました。

そうやって暮らしてたある日。出社してきた部長が大怪我してました。頭がべっこり凹んで、耳の千切れかけた傷口に歪んだメガネがぶら下がってて。生きて歩いてるのも不思議な有様で。なのに職場の誰も無反応で。

でも、いちばん不思議だったのは、部長、俺が想像でボコッた通りに怪我してたんです。

さすがに聞きましたよ。部長、痛くないんですか、って。

「何だお前、頭大丈夫か？」って笑われました。いやお前だろ、頭蓋骨陥没してんだろ、って思ったけど言えませんでした。

怪我だらけの部長は翌朝も、血塗れのまま出社してきました。俺はその日、半休もらって、その足で病院行きました。

つまり、戻らなくなったんです。想像上の暴力フィルターが、視界から外せなくなっちまったんですよ。

一回怪我させた人が、ずーっと怪我してるように見えちまう。現実の怪我だったら治りますけど、元から無い傷だからいつまでも酷いまんまです。それで笑ったりメシ食ったりするもんだから、あまりの気持ち悪さに、つい想像上の手がでちゃう。俺にしか見えない怪我が増える、その繰り返しです。ノイローゼでしたよ。本当に。

今はまあ、だいぶ落ち着きました。病院通いが効いたわけじゃないですよ。周りに怪我人がいなくなったから。頭の中で暴力振るいつづけて、よく会う人たち皆、原形なくなっちゃったんです。

部長なんかもう、動くスーツにしか見えません。ぼろぼろのスーツの中に人体の残骸が詰まってて、動くたびに乾いた血とか生肉の欠片がこぼれ落ちる、そういう風に見えてます。だからもう職場では、対人関係で悩むことないんですよ。

人がいねえから。生肉の山の上をアテレコの音声が飛び交ってる、それだけの場所なんです、俺にとっては。

最近はできるだけ人の顔を潰すようにしてて。いや慣用句じゃなく想像上でね。そうすれば緊張しなくて済むじゃないですか。人だと思えなくなるから。

うそはついてません。でもどうせ、理解できないでしょ？　だから嫌なんですよ説明するの。

先輩。俺は言われた通りにしてますよ。ちゃんと先輩の目を見て話してます。ただ……昨日、先輩に怒鳴られたとき、強く殴りすぎちゃったんですよね。

俺の視界では今、先輩の目玉、両方とも床に転がってるんです。

アポイントメント

「お時間を取っていただき、ありがとうございます」

「……いえ、そんな」

「遅い時間のご訪問となり、申し訳ございません。先にご連絡しました通り、何せお会いできる時間が限られているものですから」

「ええ、まあ。驚きましたけど」

「重ね重ね申し訳ございません。ただ、ご無礼は承知の上で、どうしてもお伝えしたいことがありまして、こうして御社に伺った次第です」

「……ご丁寧にどうも」

「単刀直入に申し上げます。『フライデードッキリ』を終了していただきたい」

「……やはり、そうですか。そうだろうなと思ってはいました」

「このご時世に平均視聴率20パーセントの大ヒット番組、それを作り上げたのはプロデューサーのあなただ。だからこそ、お願いしたいのです。あの番組を終わらせてください」

「あの番組は今や、我が局の生命線だ。今手放すわけにはいかない」

「人の命を奪っておいて、何が生命線ですか」

「……」

「ご存じですよね？　あの番組の人気企画、いきなりカースタントサプライズ。あれをまねようとした若者が、事故を起こしました。車が横転して、歩行者を巻き込んで。車を運転していた若者は軽傷でしたが歩行者は亡くなった。ご存じですよね」

「ただの事故だ。番組は関係ない」

「いいえ。あなたはそのニュースを知っている。事故が番組のせいで起きたと思っている。これ以上犠牲を出したくないと思っている。だからこそ、私に会ってくださったのでしょう」

「……」

「どうか『フライデードッキリ』を終了してください。私からの最後のお願いです」

「……ひとつだけ、伺ってもよろしいですか」

「何でしょう」

「どうしてここまでキッチリと、正規の手続きを踏んで面会に来たのですか。メールでのアポイント、電話での連絡、正面玄関から受付を通って、ノックまでして！」

「それの何がいけないんですか」

「だってあなたはもう、幽霊なのに！」

　顔面蒼白のテレビマンを前に、血塗れの幽霊は微笑んでみせた。

「私、サプライズで死んだんですよ。驚くとか驚かせるとか、もう嫌なんです」

古本探偵の推論

『渦巻く河川からの奇襲攻撃を、帝国軍は想定すらしなかっただろう。混乱した連中に、われわれは縦横から、飢えた虎のように襲いかかった。閃光と轟音が辺りを戦場に変える。瓦解し、遁走する師団の残党を、個別に囲んで撃破してゆく』

漫画タッチのイラストが表紙を飾る、ありふれた通俗小説だ。

「われわれは縦横から」の『縦』の箇所に、べったり血染めの指紋が押されている以外は。

「姉はそのページを指差して倒れていました」

発見時の様子を思い出したのか、依頼人が唇を噛み締める。

「すぐに病院に運ばれ、一命は取り留めましたが、意識不明の重体です」


「警察は？」

古本探偵は血染めのページから目を上げずに尋ねた。

「物盗りと怨恨、両方の線を探っているようです」

「でも、あなたは怨恨だと思ってらっしゃる」

「姉はとにかく敵をつくりやすかったから」

依頼人は即答する。

「特に恨みを買っていたのがこの三人です。この中の誰かがきっと犯人です」

「この指紋は、お姉さんのメッセージであると、そうおっしゃるんですね」

頷く依頼人。古本探偵は差し出されたメモに目を落とす。

1．松田勲
姉の客。「立本工務店」社長。立＝タテ？

2．星居佳代
姉の勤務先のキャバクラのママ。熱烈な阪神ファン＝タテ縞？

3．盾野康二
姉の元彼。姉にしつこく復縁を迫っていた。盾＝タテ？

「なるほど」

古本探偵は頷く。

「全員タテと関わりがある、と」

「ええ……姉は誰を示したんでしょう？　ほんとにもう、いつも頭の巡りというか、要領が悪いんですよ。何もこんな、全員に関わりのある単語を指差さなくたって」


「あなたは二つ考え違いをしています」

出し抜けな指摘に目を丸くする依頼人。古本探偵はつづける。

「まず、お姉さんは割と聡明だ。少なくとも、国語に関しては。そして、だからこそお姉さんは、犯人だけを示すヒントを出せたんです」

古本探偵が本のページを開く。

「重要なのは指されなかった文字です。ご覧ください。『轟音』の

『音』に『立』の字が、『遁走』の『遁』に『盾』の字が含まれているんです。だが、この2文字は指されていない」

依頼人がはっとした表情で、文章を眺め回す。

「で、でも『虎』だって指されてません！」

「ええ、ですから『タテ』ではありません。読み方が違うんですよ」

傍らにおいてあった辞書を高速でめくり、古本探偵は答えを示す。

ほしいまま【縦・恣】やりたいままにふるまうこと

「ほしいまま、つまり、星井ママ、ですね」

古本探偵は微笑した。

だいさくせんズについて

「だいさくせんズ」は、かつて東京で活動していたインディーズ芸人だ。
「プロポーズネタの男女コンビ」といえば、ほんの少しだけ知名度が上がる。
それが、かつての僕と先輩の関係だ。
コンビ結成のきっかけは、2年前のクリスマス。場所は駅前の広場だった。
毎年恒例の巨大クリスマスツリー前。うっとりと電飾を眺めるカップルが大勢いた。ここ以上にロマンチックなシチュエーションはない、と僕は本気で思っていた。


僕は先輩の前にひざまずいた。

口元を手で覆う先輩。おお、と声を上げる観衆。

「僕と、結婚してください！」

取り出す指輪。完璧だ。笑うなら笑え。これが僕のプロポーズだ！


一瞬の静寂の後、駅前広場に爆笑が巻き起こった。


先に口を開いたのは、僕でも先輩でもない。

群衆だったのだ。ある者はわき腹を押さえ、ある者は膝から崩れ落ち、地面を殴りながら痙攣（けいれん）していた。

いや、笑うなら笑え、とは言ったけど。

呆然と立ち尽くす僕の耳元に顔を寄せ、先輩が小さな声で呟いた。

「……ごめん、ちょっと考えさせて」

2回目のプロポーズは、それから3日後。

僕は中華料理屋の脂っこいテーブルに、額をすり付けて謝罪していた。

「本当にすみません！　あんな恥ずかしい思いをさせて！」

「この状況もだいぶ恥ずかしいんだけど」

顔を上げると、気まずそうな顔の店員が立っていた。僕の顔面があったスペースに置かれたチンジャオロースに、先輩がさっそく箸をつける。

「で、その、今日のご用というのは」

「こないだの駅前のことなんだけどさ」

よみがえるあの屈辱の夜。

「その節は本当に……」

「謝罪はもういいよ。それよりさ、言ったでしょ。考えさせてって」


え？　それって、つまり？


「あれからずっと、考えてた」

先輩はゆっくりと、僕を見つめながら切り出した。

「あんなにウケるはずがないの」

「……はい？」

「あなたのプロポーズ、シチュエーションこそ派手だったけど、いたって平均的なプロポーズだったと思う」

「それはそれで傷つくんですけど」

「そもそも、プロポーズで笑う？　冷やかしとか歓声ならまだしも、爆笑だよ」

「僕に言われましても」

「ずっと考えてたの。で、ひとつ仮説を立てた」

先輩は紙ナプキンで口を拭き、僕の目をじっと覗き込んできた。

「ねえ、今ここでプロポーズしてくれない？」

「……は？」

「この間、駅前でやったみたいに、プロポーズしてくれない？」

「いやその、こちらにも心の準備とか、いろいろありまして」

「こないだのプロポーズ、私、まだ返事してないよ？」

先輩がいたずらっぽく笑う。右の頬にだけえくぼができる。

あー、好きだ。覚悟を決めて僕は立ち上がる。

集まる好奇の視線を感じながら、あの日と同じように、先輩に頭を下げる。

「僕と、結婚してください！」

永遠にも感じる一瞬の沈黙。

そして、爆笑が巻き起こった。

あるものはテーブルに突っ伏し、あるものは床を殴り、爆笑していた。

立ち尽くす僕の足下に、ウエイトレスが文字通り笑い転げてきた。涙で溶けた化粧が目の下を黒く染めている。

「やっぱり思った通りだね」

地獄絵図と化した店内で、先輩だけが冷静だった。

「あなたのプロポーズ、めっっっっちゃウケるのよ」


そこからずっと、プロポーズは、ぜんぶ舞台上で行った。

「だって問答無用でウケるんだよ？　もったいなくない？」

というわけで僕たちは、男女お笑いコンビ、という特異な関係になった。


コンビ名は「だいさくせんズ」。名付け親は先輩。プロポーズにちなんで、らしい。

事務所に所属していないフリーの芸人による、インディーズのお笑いライブ。

そんな世界があることも、先輩がそっち方面に明るいことも知らなかった。

僕たちのパフォーマンスはほぼ一貫していた。

まず、先輩が前フリをする。天気の話だったり、ドラマの話だったり。そこから理想のプロポーズの話になって、僕の出番。

「僕と、結婚してください！」

そして巻き起こる大爆笑。二分ネタなら1回、五分ネタなら3回。コントのイベントなら椅子に座って、同じことをする。これだけで僕らは、驚異の新人としてシーンに躍り出た。

「新進気鋭の男女コンビが生み出す唯一無二の笑い」

「ひょっとしたら世界に通用しうる新しいコメディ」

評価の言葉はすべて的確で、ぜんぶ的外れだった。だってこれはれっきとしたプロポーズで、お笑いではないのだ！

ネタという形式で僕たちは、様々な実証実験を行った。

僕のプロポーズが起こす現象について、いくつか分かったことがあった。

まず、僕が先輩にプロポーズしないと、ウケない。次に、僕が気持ちを入れないと、ウケない。気持ちさえ入っていれば、どんな状況でも爆笑が生まれる。

コーナーの企画で英語でプロポーズをしたときも死ぬほどウケた。

もちろん、批判的な意見もあった。

「笑ってしまうけれど、笑っていいのか分からない」

「笑ってしまうけれど、プロポーズしてるだけじゃないか」

「笑ってしまうけれど、展開も裏切りもオチもない」

まったくもってその通りだ。ぐうの音も出ない。

それでも僕は舞台上で、プロポーズをしつづけた。かつての様に笑われているのではなく、笑わせている実感があったから。

そして何より、先輩がずっと嬉しそうだったから。

「来週、３回戦ですね」

「そうだね」

「ネタ尺が三分だから、一プロポーズ増やしましょうか」

「……やめとこうか」

「わかりました。じゃあ前フリを利かせる感じで」

「そうじゃなくて。大会出るの、やめとこうか」

「え？」

「もう十分、検証できたよ。芸人さんになりたいわけじゃないでしょ」

「そんな！　３回戦ですよ！　動画配信もされるのに！」

「そう。通ったら、売れちゃうよ。絶対ウケるんだから」

「……キャンセルですか」

「３回戦は私の書いた漫才やろう。葬儀屋のネタ」

「冠婚葬祭大好きか！」

「突っ込むねえ」

先輩が笑う。吐く息が白い。

「きっとさ、魔法なんだよ」

「何がですか」

「プロポーズ。誰かをその瞬間、最高に幸せにする魔法なんだよ。君のプロポーズは、幸せにできる範囲が異常に広いだけ」

「そうですよ、だから二人で、これからもずっと魔法を使いましょうよ」

「でも、君は幸せになれない。私もそう。ずっと結婚できない」

「……」

「だから、だいさくせんズ、もう終わりにしよう」

「……分かりました」

「めちゃくちゃ泣いてるじゃん」

「すみません。結局、先輩には僕のプロポーズ、届きませんでしたね」

「え？」

先輩は不思議そうに首を傾けた。

「わたし、一回も断ってないけど？」

僕の最後のプロポーズは、やっぱり駅前の広場だった。深夜だったから誰もいなくて、笑顔になったのは、先輩だけだった。３回戦でひと笑いも起こせず、だいさくせんズは活動を休止した。そして僕たちは、婚姻届を市役所に出した。

そして、今日。僕たちは、できれば最後にしたい単独ライブ、結婚式を開催する。

かつての共演者たちが、売れた人も辞めた人も、大勢駆けつけてくれている。

拍手に包まれながら、ウェディングドレス姿の先輩と、バージンロードを歩く。

「ソレデハ、チカイノクチヅケヲ、オネガイイタシマス」

うそみたいに片言の神父に促され、先輩の顔のベールを上げる。

飛び交う黄色い声援。ええい、どうとでもなれ。

僕は思い切って、先輩の唇に……


一瞬の静寂の後、式場に絹を裂くような悲鳴が響き渡った。

先に口を開いたのは、僕でも先輩でもない。

参列者だったのだ。子供は泣きわめき、老人は腰を抜かし、椅子を蹴立ててわれ先に逃げ出していた。

いや、どうとでもなれ、とは言ったけど。

今や教会は地獄絵図の様相を呈していた。

「ねえ」

振り向くと、目を輝かせた先輩の姿。

「私たちのキス、めっっっっちゃ怖いみたい」

新たな発見に輝く先輩の瞳。

この人といれば、一生退屈しないんだろう。

二人でしかできないことが、まだまだたくさんあるんだ。

改めて口づけを交わす僕ら。

十字を切りつづけていた神父が、低くうめいて失神した。

殺す時間を
殺す
ための時間
補講

殺す時間を殺して

土岡哲朗（春とヒコーキ）

私は、どくさいスイッチ企画氏とは、「学生落語」という世界で知り合った。そこから交流が続いていているうちに、どくさい氏もお笑い芸人になり、同業者となった。

しかし、この人は同業者と言って片付けてしまうには、いろんなことをやりすぎている。お笑いもやれば、創作落語の作家でもあり、読ませるための文章も書く。この本は、多才故にどんな人なのか把握できなくなるどくさい氏の、ショートショート作家の部分（と、一部、創作落語作家やネタ作家の部分）を一気に浴びることができる。

物語を味わい、ときにはどくさい氏がどんな人なのかに思いを馳せて、この本を読みながらじたことを、作品を抜粋して書かせていただく。

〈面接二景〉

2つの場面の間を想像してしまう。希望をもって就活していた彼が、上司を殺すまでに自分の心を殺してしまった過程。

どちらの場面も、今とは違う場所に行くための面接、面会である。希望にあふれて社会に出ようとする大学生と、絶望と縁を切りたくてもう一度社会に戻してくれと懇願する服役囚。2つの点と点を描くことで、その間に浮き上がる「変化」の悲しさを感じてしまう。

〈受付〉

同じ時間を生きていなくても、人は人を救いうる。苦痛を味わったという経験が、強さに昇華されなくても、そのまま人を救いうる。

主人公は、自分が人を救うつもりで「受付」をやっていたが、自分が救われる側だった。そして、彼が救われたことで、今「受付」になっている生徒の誰かも救われるかもしれない。

孤独な者同士が出会ったとしても、味わっている孤独は人それぞれ違う。だから、孤独の中身は共感しえない。だから孤独なんだ。でも、「あなたも私とは別の場所でひとりなんだね」という理解は、互いを安心させる。

〈研究不正〉

ニュートンの万有引力の発見には、こんなダークな裏があったんじゃないか、というじわるな作品。

すべてがニュートンの主観で語られる文章で、「女は心から落下を望んでいた」と他人の気持ちを断定している部分は、果たして信用していいものか。彼が罪悪感から逃れるためにそう思い込んだのかも知れないし、もしくは閃きが生まれる瞬間のたかぶりによって、彼にだけそう見えていたのかも知れない。

そんな歪みも含めて悪意のある物語だが、悪意だからと断罪するのも浅はかに感じる。この物語は創作でも、人間が何かを成すときにはダークサイドもある。

〈社員研修〉

恐ろしい話だけど、これはフィクション。しかし、これがフィクションであることの方が怖いことに気が付いた。

現実の週刊誌の記者たちは、こんな呪いにかけられているわけでもないのに、必死にスキャンダルを追いつづけている。寿命を延ばすためではなく、成果と賃金と興奮のために……。呪いの方が、まだ優しい説明だ。著者のそんな茶化した目線も感じた。

〈アンファンテリブル〉

人の気持ちを理解するという行為を、教科で点数を取るのと同じように捉えている児童の、無垢な暴力性。この児童は、理解力や想像力、実行力があるのに、分別がないので、それらの力を悪い方向に働かせる。

この作品は、児童も怖いし、著者のことも怖くなった。この人はたまたまお笑いをメインにしているだけで、もし怖がらせることだけを目的にしはじめたら、とことんこちらを気分悪くさせるだろう。著者がこの作品の児童のように能力の使い道を無感情に決めてしまえば、それもありうる。

〈ホワイトアウト〉

自分が見たいようにものを見るためのメガネが登場するお話。

私たちも、このメガネをして生きている。誰しも、その人なりの見方で世界を見ている。現実を知らずに自分の好きなようにしかものを見ないのは未熟かもしれない。でも、自分の好きなように見る見方を失うと、世界は真っ白で、機械が喋っているだけの彩りのない空間になってしまう。と思ったら、別の作品「ゲームキッズ」が、まさしく世界を淡白に見て乗りこなす子どもの話だった。
　この子どもは、自分を怒る母親を淡白に見ることで攻略した。でも、攻略するためにそうなったのではない気がする。理不尽さに耐えるためには自分の主観を捨てて俯瞰するしか、自分を守る方法がなかった。攻略に走ったのはそのあとなのではないか。彼はメガネが取れてしまったのか。淡白に見るというメガネをかけてしまったのか。

〈グランドフィナーレ〉

布を運ぶ重さや、二十日という時間経過、塗料で文字を書いては乾かす必要があるところなど、リアルに感じるための描写が多い。そうやって具体的にイメージさせたからこそ、終盤は説明が少なくても、主人公がどのような体勢になっていて、布に並んだ文字がどのように見えるのか想像できる。そして、最後の一文のあとに、嫌な音まで聞こえてしまう。

〈HACCP〉

妖怪の類の話を現代社会の話に織り交ぜたら、新鮮に楽しめる。
「深夜の乗客」もそうだ。皆が知ってる怪談を別の視点で考えて、新しい楽しみ方を提案している。
　これらは、落語の精神だ。江戸時代から伝わる古典落語を掘り起こし、現代になじむ了見を交えて作り直して演じる。それと同じ工程を経ている。

〈グレイテストギフト〉

　ゴーストライターを使って小説を発表していたモデルが、あたかも自分が小説を書いたように演じ切った、という話。

　ゴーストライター自身が、それを「天才」と言い切る。世間にとっては、発信された中身だけでなく、発信それ自体がパフォーマンスである。

　しかし、彼女もそこまでの演技力とカリスマ性があったのなら、できない作家を目指さなくとも、他の道で実力でトップに君臨できたはず。それでも無理やり、自分を作家として世間に打ち出した。小説を書くことよりも「作家である」ことが彼女の憧れだったのだろう。だが、きっと彼女は欲しかった才能がなかったことをコンプレックスに思っていただろうし、ゴーストライターこそ才能のある人間と思っていただろう。

　人が自分を天才だと世に思わせるとき、実際に天才である必要はなく、天才と同じパフォーマンスができればいい。彼女はそう理解して行動し切った努力の人でもある。結果、それをやり切れた彼女は天才である。

〈剣と魔法のラヴォラトリ〉

　どんなファンタジーが繰り広げられるのかと思ったら、会社員が自分の居場所はここじゃないと夢想する空しい話だった。

　主人公は、転生前の世界からもってきたネクタイを首に巻きながら、「あっちの世界ではこの布を巻いて冒険をしていたんだろうな」と見当違いな現実逃避をしている。

人間は、もっと自分を発揮できる〝ここじゃないどこか〟を求めてしまう。しかし、どんな場所にも狭苦しさはある。ファンタジーの世界でさえ、いざ転生してたどり着いたら〝つまらない現実〟になってしまう。

少しさかのぼり「ザッピング」の主人公が、自分の人生の全てをスルーしてしまったのも同じ性質だ。目の前にあるつまらない日々を楽しめないと、人生は一生冒険にはならない。

この作品を読んで、会社員からお笑い芸人に転生した著者が、現在何を感じているのかも気になった。

〈だいさくせんズについて〉

この物語に登場する男女は、人を笑わせることも、怖がらせることもできる。それはまさしく、この本を読んできて著者に感じていたことだ。いつの間にかそんな力が身についていたことに、周りの反応で気付く。そういうものこそが才能である。

二人でその力を使って、これからどんな景色が見られるのかワクワクして物語は終わる。どくさいスイッチ企画がこれから何をしでかすのか、ますます楽しみになった。

あとがき

「殺す時間を殺すための時間」を手に取っていただき、誠にありがとうございます。

翻訳サイトにかけたところ、英語では「time to kill time to kill」となるそうです。本当でしょうか。

このご時世に「殺す」が2回も入っている物騒なタイトルですが、作者としては気に入っています。

どくさいスイッチ企画と申します。この本の作者です。

おもにひとりでコントを上演しています。いわゆる「ピン芸人」です。

会社員を十数年やった後、2024年にR-1グランプリで決勝進出したことをきっかけに芸人になりました。

YouTubeにてコントや落語を公開しています。ぜひご覧ください。


「殺す時間を殺すための時間」に話を戻しましょう。

この本が完成に至るまでには非常に数奇な経緯がありました。


ショートショートを書き始めたのは大学生のころ、載せていたのはとある日記サイトでした。

人に見せられるような楽しい生活がないことに絶望し、せめてものの代わりにオチのある短い話を書くようになったのが執筆のきっかけでした。

書いたものに高評価がつき、コメントで褒めてもらったりすることを心の支えにしながら、いつかは本を出したいというボンヤリした夢をもっていました。

長い話を書こうとしたことも何度かあったのですが、いずれも途中で力尽きてしまい、ショートショートの賞に応募しても鳴かず飛ばず。

そうこうしているうちに何となく大学を卒業し、当たり前のように就職しました。

働けば働くほど働くことが嫌になり、社会に出れば出るほど社会不適合に気付くという具合で、自分に絶望しながら生活していました。

いつのまにか文章を書くこと自体が減っていき、本を出すことはもう不可能だろうな、と思っていました。

それから十数年の月日が経ちました。

僕は、趣味で素人落語を続け、ひたすら新作落語の台本を書く日々を過ごしていました。

しかし、コロナ禍の影響で高座に上がることができなくなり、代わりにひとりコントを始めました。

とりあえず大学のとき遊びで付けた芸名「どくさいスイッチ企画」を名のることにしました。

大阪でアマチュアが参加するライブに出始め、周囲のすすめで様々な大会に出場するようになりました。

そして、2024年に「R-1グランプリ」の決勝へ進出しました。

観てくださった方もいらっしゃるかもしれません。「あーっ！　ツチノコだーっ！」と絶叫していたのが僕です。

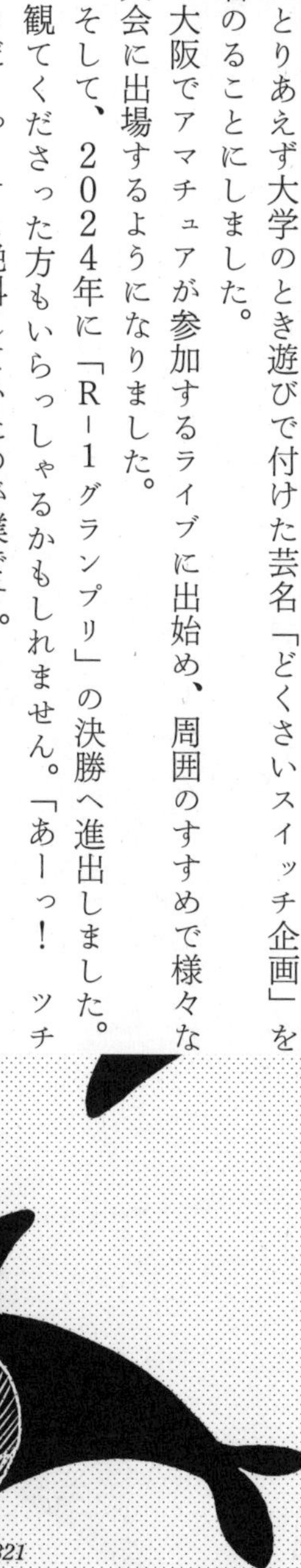

まるで夢のような経験でした。いまだに忘れられません。

人生は何が起こるかまったく分かりません。


決勝大会の放送の2日後にカクヨム経由でメッセージが届きました。カクヨムに移行したかつてのショートショート群を見てくださった編集者の方からでした。

「一冊の形にできないか」という文字列が目に入ったとき、正直、詐欺を疑いました。

あまりにも降って湧いた話だったからです。

どうやら詐欺ではないと判断できたものの、意味と重さを把握できずかなり長い時間、部屋の中を歩き回りました。

最終的に、この話に飛び込まないほうが意味が分からない、という結論を出し、謎のアドレスにメールを返しました。


そして、そこからさらに約半年間の紆余曲折があり、この本、「殺す時間を殺すための時間」が完成しました。

初めてショートショートらしきものを書いてから、足かけ15年くらいかかってできた本、ということになります。

それでもこうして、本を出すことができました。

人生は何が起こるかまったく分かりません。


本作はカクヨムに投稿したショートショートがベースとなっています。書いた時期も状況もバラバラで、ほぼ全編に渡って大幅な修正を行っております。

（修正作業がこんなに大変だとは思いませんでした。僕はここから一生、全ての小説家さんを尊敬します）

合わせて、書き下ろしを数点収録しています。過去の自分に負けたくなかったので相当に頑張りました。

また、ライフワークである新作落語の台本をいくつか載せていただきました。

この本に載っている台本については上演自由です。是非、高座にかけてみてください。

さらに、作品のテイストごとにページのレイアウトを変える、という

常識外れの工夫がなされています。

ページをめくって驚いた方もいらっしゃるかもしれません。僕も初めて見たとき心底驚きました。そして感動しました。見たことのない本になっていたからです。

それぞれの話には何の関係もないこと、しかしひとりの人間が書いた話であることが強調されているように思えました。レイアウトの助けを借りて、一話ずつ新鮮に読んでいただければ幸いです。

この本を出していただくにあたり、多数のお力添えをいただきました心より感謝いたします。

春とヒコーキ土岡さんに文章を寄稿していただきました。アマチュア時代にいっしょに落語をやっていた仲間から、お笑いをやっている同僚となり、仕事でも関わることができて本当に嬉しいです。担当の柴田さんは、この本の完成まで付き添ってくださいました。長い爪（とても長い爪です）からはじきだされる適切な指示と励ましにいつも助けられました。誠にありがとうございます。

そして、いつも見守ってくれている家族と、妻へ。
わけのわからない進路選択を認めてくれて、いつもありがとう。少しでも恩を返せるように頑張ります。

人生は何が起こるかまったく分かりません。これからも分からないでしょう。
ただ、何かを続けることは、少なくとも僕にとっては大事だな、と思えました。
これからは、他人の暇つぶしに時間と全力を注ぐ人生にしたいです。
ほんの短い時間だけでも楽しんでいただければ幸いです。
そのために、書いたり演じたりすることをできるだけ長く続けていくつもりです。
どこかでまた、お目にかかれることを楽しみにしております。

２０２４年10月　どくさいスイッチ企画　拝

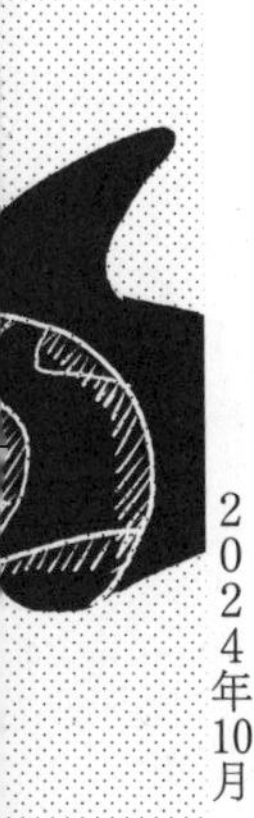

〈初出〉本書はWeb小説サイト「カクヨム」に掲載された作品を加筆修正したものです。「就職強盗」「惚れ薬」は「銀杏亭魚折 創作落語台本集その1」に掲載された作品を加筆修正したものです。「シークレット・カスタマー」「ギャルの遺言」「解散伝説」「剣と魔法のラヴォラトリ」は書き下ろしです。

企画・編集：角清人 柴田恵／イラスト：カワグチタクヤ／ブックデザイン：吉岡秀典＋及川まどか（セプテンバーカウボーイ）

殺す時間を殺すための時間

どくさいスイッチ企画

1987（昭和62年）、神奈川県川崎市生まれ。大阪大学の落語研究会に所属して活動を始める。全日本学生落語選手権・策伝大賞受賞（2010年）、社会人落語日本一決定戦優勝（2013年）、全日本アマチュア芸人No.1決定戦2023優勝などの経歴をもつ。創作落語やひとりコントを中心に活動を続けている。2024年のR-1グランプリでは、同大会初のアマチュアのファイナリストとなった。

2024年10月31日　初版発行

著　者　どくさいスイッチ企画

発行者　山　下　直　久

印刷・製本　TOPPANクロレ株式会社

Printed in Japan

発　行　（〒102-8177）東京都千代田区富士見2-13-3
TEL 0570-002-301（ナビダイヤル）
株式会社 KADOKAWA

 ISBN 978-4-04-115350-5 C0093